KB061252

김경주의 인간극장

틈만 나면 살고 싶다

김경주의 인간극장

틈만 나면 살고 싶다

한겨레출판

차례

"난 인생이
쓸모없어지는 것보단
창피한 게 낫다고
생각해."

-

슈트액터

6,655

현재 가구의 평균 부채. 6655만 원.
전년에 비해 6.4% 증가. (2016년 3월 기준)

슈트액터 칼°

칼은 슈트액터다. 슈트액터는 탈 인형을 쓰고 연기를 하는 배우를 말한다. 칼은 최근 몇 년 간 바이오맨부터 후레시맨, 울트라맨, 파워레인저까지 온갖 히어로물의 영웅이 되어보았다. 아동극에서 수많은 캐릭터 인형을 쓰기도 했다. 공연이 끝나면 무대 뒤로 몰려드는 아이들을 상대해주어야 일당이 나온다. 무대 뒤로 달려간 아이들은 뽀로로에게 발차기를 하고 로보카 폴리에게 주먹을 날리거나 몰래 등 뒤로 가서 목에 매달린다. 꼬마버스 타요의 인형 머리를 벗겨보려고 안간힘을 쓰다 우는 아이들도 있다. 힘을 합쳐 가면을 벗기려는 삼대 가족도 보았다. 인형 머리를 붙잡고 버티는 칼에게 심지어 화를 내는 엄마도 있었다.

"나 참! 아이가 우는데 한 번 벗어주는 게 그렇게 어려워? 사장 데려와! 이딴 서비스가 어딨냐고!"

가면만은 벗겨져선 안 됐다. 가면은 칼의 일상이며 일용할 양식이기 때문이다. 칼은 인형 속에 잘 숨어야 일당을 보장받는다. 아이들을 위해 친절하게 인형을 벗어주는 프로답지 못한 영웅들은 그날로 거리로 쫓겨난다. 칼은 내일은 동물원에 가서 타조가 되어야 한다. 분명 타조의 코를 잡아당

기는 녀석들이 또 있을 것이다.

칼이 슈트 의상을 집 안으로 가져오는 일은 없다. 영웅은 바깥에서만 영웅이기 때문이다. 칼의 아이들은 그가 오늘은 놀이공원에서 어떤 영웅이 되어 세상을 구했는지 모른다. 아이들은 칼의 직업을 배우로 알고 있다. 배우는 맞다. 인형을 늘 써야 하는 배우지만.
칼은 얻어 온 몇 장의 파워레인저 초대권을 자녀들에게 주고 싶어 만지작거리다가 포기한다. 슈트 의상과 가면으로 가려져 있는 자신을 알아보지 못하겠지만 겁이 난다. 인형을 쓴 모습을 자식들에게 보이긴 싫다. 언젠가 놀이공원에서 슈퍼맨 복장으로 첫사랑을 만났을 때가 떠오르기 때문이다. 칼은 어색해하는 첫사랑과 그녀의 딸에게 솜사탕을 사주었다. 행복하게 해주겠다는 예전 약속을 솜사탕으로 갚을 수는 없었다.

"아저씨가 아이언맨이었으면 더 좋았을 텐데…."

칼은 이제 집에서도 가면을 벗지 못한다. 아내와 아이가 잠들면 조용히 아이들에게 이불을 덮어주고 부엌으로 나온다. 무거운 전신 슈트 의상을 입어서 생긴 등과 목의 땀띠에 파스를 바른다. 슈트액터에게 여름은 죽을 맛이다. 전신 인형을 입는 일은 체력적으로도 힘들다. 칼은 인형 머리를 벗어 들고 뒷골목으로 가서 담배를 피우다가 생각했다.

'영웅들은 참 힘들구나….'

일이 없을 때는 이벤트업체 일도 해야 했다.

팀 마스코트 인형 탈을 쓰고 새로 오픈한 매장 홍보를 하는 것이다. 피에로 복장에 높은 사다리 다리를 타고 행인들에게 에어컨 전단이나 나이트클럽 전단을 주는 일이었다. 이젠 그 일은 하지 않는다. 얼마 전 장모님이 우연히 교회 교구분들과 칼의 앞을 지나가다가 그의 얼굴을 알아본 것이다. 저녁 무렵에 장모님께 문자메시지가 왔다.

김 서방, 진정으로 자네가 창피했네.

"당신은 명절 때도 찾아뵙지 않는 사람이 왜 하필 거길 가서 나까지 곤란하게 해!"

"날 알아보리라곤 생각 못 했어."

"나이트클럽 가는데 주변을 좀 살폈겠어?
우리 엄마가 얼마나 창피했을지 생각해봤어?
이 바보야, 생각 좀 하고 살자. 생각 좀."

"여보, 난 인생이 쓸모없어지는 것보단 창피한 게
낫다고 생각해. 내가 쓴 인형은 가족에게 쓸모 있는
걸 가져다주잖아."

"난 인형이랑 살고 싶진 않았다고."

칼은 늘 멋진 액션 배우가 되기를 꿈꾸었다. 하지만 엑스트라 배우로 생활하는 건 가난하고 어려웠다. 수많은 영화 오디션을 보기도 했지만 주로 자객이나 전쟁 군인이었다. 주인공에게 얻어맞는 속칭 '방망이'가 되는 역할이었다. 그러다가 이 일로 들어섰다. 괴수, 유령, 마스코트…. 분윳값을 벌기 위해 칼은 닥치는 대로 일했다. 주로 뭘 뒤집어쓰는 일이었다. 뒤집어쓰는 것이 인생이라고 생각하면 그런대로 견딜 만했다.

배달
왕국의
판°

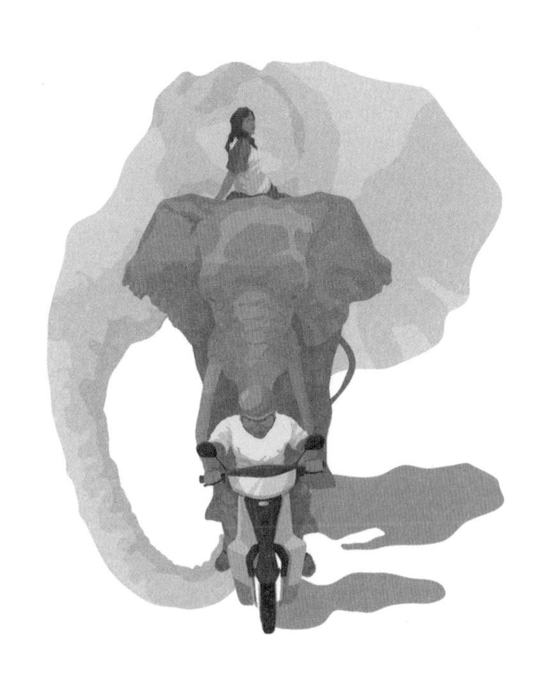

판은 중국집 배달원이다. 고등학교를 중퇴하고 집을 나와 중국집에 딸린 쪽방에서 먹고 잔다. 몇 년간 꾸준히 일해 동네에 치킨집 하나를 차릴 수 있는 돈을 모을 때까지만 버티면 된다. 판은 화교인 사장님의 진지한 창업 조언을 받아들이기로 했다.

"아무래도 이제 이 나라는 중국집보단 치킨집이 대세가 아닐까? 치맥도 유행하고 요즘은 이것저것 해보다가 다 치킨집 배달로 넘어오는 시대니까."

"먹고살기 어려운 시대라는 거죠?"

"너 수능 몇 등급이냐?"

"1학년 때는 1~3등급이었어요."

"그럼 넌 치킨을 시켜 먹고 사는 인생이 될 수 있었어. 지금은 몇 등급이야?"

"7등급 정도요."

"이제 넌 치킨을 튀기는 인생이 될 가능성이 크다. 공부해."

"전 공부 안 해요. 배달하며 살 거예요."

"내 아들은 수능 10등급이야. 치킨 배달이나 하며 살아야 할 거야."

"그래도 사장님이 제게 중국집을 물려주실 생각은 없잖아요."

"당연하지. 넌 배달의 민족이 아니니까. 필리핀 피라며? 우리나라는 배달의 민족이야. 자부심이 있단다."

"저도 배달 일을 열심히 하면 되지 않을까요? 국민 대부분이 배달족으로 살아가잖아요."

"집으로 돌아가! 공부해."

"사장님도 화교지만 배달로 시작해서 여기까지 오셨다면서요?"

"맞아, 이 나란 배달 천국이야. 노력하면 안 되는 게 없다. 사람들은 내 피를 알아보지 못해."

"꼭 치킨집 사장이 될 거예요. 배달의 민족이 되고 싶어요."

"장하다. 너처럼 내 아들도 꿈이 크면 좋을 텐데."

판은 혼혈아다. 딸기 농사를 하던 아버지가 어머니를 15년 전에 필리핀에서 500만 원으로 데려왔다고 할머니가 말해 주었다. 어머니는 판을 낳고 1년 만에 아버지 돈을 몽땅 훔쳐 가출을 해서 연락을 끊었다. 네 살이 되자 아버지는 판에게 어머니가 코끼리를 보러 갔다고 했다. 여섯 살이 되자 아버지는 판에게 어머니가 코끼리를 타고 먼 나라를 여행 중이라고 했다. 일곱 살이 되자 아버지는 판에게 어머니는 코끼리가 먹어버린 것 같다고 했다. 판은 이제 더 이상 아버지의 딸기를 믿지 않는다고 말했다.

"아빠 딸기는 모두 가짜야, 달기만 해."

초등학교에 들어가기 전 해, 아버지는 술병에 쥐약을 타서 마셨다. 목숨은 건졌지만 두 눈이 멀었다. 쥐약을 먹은 쥐는 눈이 멀어 바깥으로 기어 나온다. 싱크대에 부딪쳤다가 부지깽이나 벽돌에 맞아 죽는다고 했다. 어두운 곳으로 들어가 죽어서 썩으면 안 되니까 쥐약엔 눈이 머는 독이 들었다고도 했다.

돈에 눈이 먼 엄마지만 그래도 판은 엄마가 그리웠다. 어떤 날은 너무 그리워서 눈이 멀 것 같았다. 초등학교에 들어가 장래희망을 적는 종이 앞에서 판은 우두커니 한참을 생각했다. 짝꿍은 건물주라고 썼다. 다른 친구는 임대업이라고 썼다. 판도 집에서 매일 듣는 소리를 써넣었다.

"제 장래희망은 코끼리가 되는 겁니다."
"이 자식아! 왜 코끼리가 되려는 거야?"
"엄마가 날 알아봐야 하니까요."

할머니는 생활고로 인해 눈물이 나면 이유 없이 판을 두들겨 패곤 했다. 눈 뜨고 한 번도 본 적이 없는 엄마를 어떻게 그리워할 수 있느냐고 거짓말하지 말라고 하셨다. 피가 달라 못된 것만 엄마에게 물려받았다고 냄비와 도마를 판에게 던졌다. 판은 할머니의 조언을 따라 맹인견 훈련을 받은 후 맹인이 된 아버지를 데리고 다녔다. 도시로 올라와 햄버거를 배달하던 할아버지가 쓰러지시고 전단을 나르던 할머니가 돌아가시고 아버지가 택배 트럭에 치이기 전까지.

안방에선 엄마 냄새는 나지 않았다.

택배부터 피자까지 판은 배달의 민족이 되기 위해 고군분투한다. 태풍 매미와 태풍 볼라벤, 태풍 루사 때는 날아오는 간판을 피해 달렸다. 얼마 전 고향에서 멀리 떨어진 서울로 온 이유는 엄마의 주소를 겨우 알아냈기 때문이다. 이 동네 중국집에서 일하면 엄마가 자신에게 배달을 시킬지도 모른다. 판은 엄마가 부르면 언제라도 자신을 배달하고 싶다.

하지만 엄마는 가난하다. 엄마와 엄마의 남편은 밤늦게까지 생수 배달을 한다. 중국 음식을 시켜 먹지도 않는다. 판은 배달을 마치면 밤마다 코끼리 스티커가 붙은 바이크를 타고 엄마가 사는 연립주택을 서성거리다가 돌아오곤 한다.

"엄마는 분명 나처럼 중국 음식보다 치킨을 좋아하실 거야."

배 짓는 사람
홀°

홀은 배 짓는 사람이다. 목선을 짓거나 수리해주며 하루 생계를 해결한다. 홀은 혼자된 이후로 동남아시아의 작은 어촌을 여행하며 살아온 지 꽤 되었다. 베트남의 할롱 베이에도 몇 년 머물렀고, 므이엔의 해안가에선 어부들과 어울리며 몇 년 머물렀다. 필리핀의 누에바 이시하에선 선교사들과 몇 년 동안 배를 지으며 공동체 생활을 하기도 했다. 라오스의 루앙 프라방에선 메콩 강 지류를 따라 걸으며 부서진 목선들을 수리해주고 살았다. 어부들에게 하루 일당을 받을 때도 있고, 숙소를 해결해주면 수임비가 없어도 일을 했다.

홀은 배가 다시 물길을 만나 두렵지 않도록 사람들을 도왔다. 홀이 지어준 나무배를 타고 사람들은 생필품을 나르거나 어업을 하고 돌아왔다. 그들의 삶은 가난했지만 평온해 보였고 풍요로웠다.

홀은 이쪽에서 저쪽으로 강 한 번을 건너갔다 오면 하루가 가는 사람들의 삶을 바라보는 것이 좋았다. 그들은 비가 많이 와서 물길이 어두우면 배를 거두고 나무 사이에 그물침대를 걸어두고 잠을 자거나 소일을 했다. 그러다가 다시 물속이 맑아지면 배를 밀고 나갔다. 저녁이면 잡아 온 생선들을 구워서 나누어 먹었다.

떠날 때가 되었다고 생각하면 홀은 강가에 혼자 앉아 대패와 몇 종류의 못과 톱이 담긴 공구 통을 옆에 내려놓고 해지는 것을 바라보곤 했다. 몇 척의 목선이 가물가물 흔들리며 해넘이와 어울렸다. 홀은 모닥불을 피우고 주머니에 있는 대팻가루를 불빛 속에 던져주었다. 옛 생각이 눈시울에 넘쳤다. 그러다가 홀은 술에 취해 목선처럼 꾸벅꾸벅 졸곤 했다. 홀의 나이도 육십이 되었다.

홀은 고국에서 오랫동안 조선공으로 일했다. 항해사가 되는 것이 꿈이었지만 집안이 가난했고 형제들이 많았다. 홀은 군대를 다녀온 후 직업해양학교에 들어갔고 그곳에서 선체의 조립공정과 선박설계에 관한 수업을 받았다. 그리고 조선소로 들어가 20여 년 성실히 일했다. 배를 짓는 현장 일은 거칠고 힘들었지만, 가족을 위해 쉬지 않았다.

그사이 아내의 아랫배에도 작은 선실이 생겼다. 아내는 배 속의 아이를 위해 작은 선체의 내부를 만들고 아이가 무사히 항해를 마치고 세상으로 나올 수 있도록 배를 맑게 건조하는 일을 했다. 밤늦게 일을 하고 돌아와 아내의 배에 귀를 대고 첫 유산으로 가라앉아 있던 아이가 숨을 고르며 떠오르는 상상을 했다.

얼마 후 갑판과 격벽의 구조를 짤 때 첫 아이가 태어났고, 선수와 선미의 평행부 작업을 할 때 둘째가 태어났다. 아이들은 자라면서 선박의 설계 도면을 펼쳐놓고 놀았다. 홀은 선미에 걸터앉아 대패질을 하다가 해 지는 바다의 수평선이 힘차게 솟는 것을 보았다.

하지만 경제가 어려워지면서 조선소도 기울기 시작했다. 구조조정이 시작되었다. 현장직이 정리되기 시작했고 홀은 오랜 동료들을 잃었다. 노조가 만들어졌지만 임금이 밀렸다. 어느 날 선수에 서 있던 홀은 일이 서툰 외국인 노동자가 선박이송용 크레인에 깔려 죽는 것을 목격했다. 인부들이 급하게 시신을 치우고 바닥의 핏물을 닦고는 모두 아무 일도 없었다는 듯이 일을 재개했다. 시체가 있던 자리에 다시 뜨거운 햇볕이 쏟아졌다.

몇 번씩 비슷한 사고가 일어났다. 오후가 되면 오전의 사고는 아무도 기억하지 못했다. 필리핀과 베트남에서 남편과 오빠의 소식을 묻는 편지와 엽서가 조선소 우편함으로 가득 날아오곤 했지만 아무도 답장을 하지 않았다. 홀은 직접 외국의 주소로 편지를 써서 그들의 소식을 알렸다. 그리고 조합에 가서 외국인 노동자에 대한 부당한 대우에 항의했다. 며칠 후 홀은 선급협회에서 비품관리 사무직으로 발령이 났다. 홀은 현장으로 돌아가지 못했고 조선소를 떠나야 했다. 매달 호주로 아이들의 학비와 생필품을 사기 위한 돈을 보내야 하는 홀은 항로를 잃고 항구에 내려앉은 기러기 한 마리처럼 아득했다. 조선소 근처의 현장 인부가 되어 격벽을 용접하는 일을 하던 홀에게 몇 달 후 아내는 가족의 부도를 알려왔다. 홀은 가족이 함께 살던 격실이 바닷속으로 가라앉는 악몽을 자주 꾸곤 했다.

홀은 이혼 서류에 사인을 해서 해외로 가는 선박에 보낸 후 공구 통을 챙겨 여행을 시작했다. 함께 일하던 외국인 동료들의 고향 어촌으로 가보고 싶었다. 홀은 그들의 가족에게 작은 목선을 만들어주었다.

홀은 가끔 자신이 직접 만든 목선을 타고 가족에게 돌아가는 꿈을 꾸다가 일어나 꺽꺽 울곤 한다. 사람들은 홀을 방카(필리핀식의 흔들리는 배)라고 부른다.

불 뿜는 바텐더
단감°

바텐더 단감은 10년이 넘게 바에서 일한다. 여러 번 닉네임을 바꾸었지만, 지금은 단감으로 홍대에서 활동한다. 단감은 '플레이'를 잘한다. 그가 핫한 음악을 틀어놓고 저글링을 하면 손님들은 입을 쩍 벌리고 놀란다. 물론 함부로 가까이 가지는 않는다. 잘못하다가 공중을 날아다니던 술병들이 입속으로 들어올까 봐 겁이 나는 모양이다.

단감은 전국 바텐더 대회에 나가 '플레이'로 수상도 몇 차례나 했다. 하지만 그는 아직 자기 바가 없다. 바텐더가 바의 주인인 경우는 드무니까. 아직 비정규직이다. 단감의 입천장은 행주처럼 늘 헐어 있다. 하루에도 몇 번씩 70도나 되는 바카디를 머금고 불을 뿜는 플레이를 연습하기에. 서울에 처음 올라와 바텐더 단감은 잘 곳이 없어서 바의 한쪽 구석에 딸린 쪽방에서 자곤 했다. 쪽방 안엔 주인이 키우는 썰매개 맬러뮤트가 지내는 왕창 큰 개집이 있었다. 그곳으로 들어가 개 이불을 덮고 자면서 단감은 생각했다.

> '정말 사람만 한 개가 자는 곳이라 그런지 꽤 넓구나.
> 하지만 나는 이곳이 아무리 추워도 자면서 개처럼
> 침을 흘리진 말아야지.'

10년 넘게 단감은 바 안에서만 활동한다.

'바텐더가 바를 넘어 테이블로 나가기 시작하면
그건 구걸이 된다.'

어쩌다가 예쁘장한 여학생들이 아르바이트 삼아 바텐더를 하고 싶다고 하면 스트레이트 진 한 잔 사주고 돌려보낸다. 단감은 진짜 바텐더가 되기 위해 필요한 것들은 이빨이 아니라고 생각하지만 요즘 사장들은 용모단정(?)과 손님의 취기를 고려한 적당한 구력이면 손님이 30분 안에 맥주에서 양주로 금방 주종을 바꾼다고 믿는다. 웨스턴 바도 모던 바도 와인 바도 스포츠 바도 이제 모두 고집 센 바텐더를 원하지 않는다. 레시피를 개발하지 않아도, 플레이를 못 해도, 손님에게 살근살근한 순한 여종업원이 더 대세가 되어가니까 단감도 할 말이 없다.

단감은 고집 때문에 '바 유목민'이 되어 전국을 옮겨 다녔다. 단감은 외로우면 가끔 다른 바에 손님으로 간다. 유니폼 입고 술 따라주는 여종업원의 손을 가로막는다.

"내가 따라 먹을래요."

단감은 바텐더가 호황을 누리던 90년대 중반 플레이를 배우기 위해 전국의 선수들을 스승 삼아 찾아다녔다. 난이도 있는 플레이를 배웠고 수많은 술 이름과 도수를 외우며 칵테일 레시피를 개발하기 위해 애썼다. 카운슬링용 심리학 책도 보았고 글로벌 시대에 맞추어 브로큰 잉글리시(Broken English)도 꾸준히 공부했다.

하지만 이제 단감은 서른 중반이 넘은 패색이 짙어가는 바텐더다. 풍운의 꿈을 안고 한국 땅에서 바텐더라는 직업의 전선을 세운 선배들은 어디로 갔는지 하나둘 사라졌고 운 좋게 자신의 바를 가진 선배들은 이제 손님몰이용 여종업원 오디션을 보고 있다.

단감의 플레이는 이제 눈에 띄게 줄어가고 있다. 요구하는 손님도 없고 플레이가 필요하지 않은 '바' 문화가 주도하기 때문이다. 어쩌다가 플레이를 해도 광대 보듯이 하는 눈초리가 자꾸 삶을 서럽게 느껴지게 한다.

바텐더 단감도 자신의 '바'를 가질 뻔한 적이 있었다. 그러던 어느 날 생일을 맞이한 여대생 두 명에게 이벤트성 플레이를 하다가 손뼉을 치고 좋아하던 그녀들의 얼굴에 불을 붙여버린다. 놀란 나머지 머리통을 변기에 처박아서 간신히 불을 껐지만 그녀들의 성형수술비로 모은 돈을 훌러덩 넘겼다.

이제 단감은 '동안(童顔)'을 유지하기 위해 안간힘을 쓴다. 나이를 속인 채 월급을 줄여서라도 일하기 위해서다. 나이만 먹고 기술 있다고 높은 월급을 요구하는 바텐더보다 같은 값에 젊은 여종업원 몇을 두는 것이 더 '바'의 구색을 갖추는 것이라고 믿으니까. 어디서든 '직업의식' 따위는 '질색'이라고 하니까.

"모두들 여기를 벗어나고
싶은 욕망으로 살지.
굳이 묻지 않아도 다들
목표는 '올해까지'거나
'이번 시험'이야."

–

벨보이

11.3

15~29세 청년층 실업률. 11.3%.
(2017년 3월 기준)

고시원에 사는 벨보이 칠구

칠구는 10여 년 전 신림동에서 서울 생활을 시작했다. 월세 몇만 원짜리 쪽방에 살면서 지하철 무료 신문을 돌리며 소설을 썼다. 새벽 일찍 일어나 지하철 입구에 신문을 배포해 놓은 후 다시 이불 속으로 들어가 잠들면 되는 간단한 일이었다. 칠구는 신문을 돌리고 방으로 돌아오는 꿈을 자주 꾸었다.

우연히 자신이 돌렸던 신문이 문 앞에 배달된 것을 보고 번쩍 집어 들던 꿈을 꾸던 어느 날, 칠구는 회사에서 잘렸다.

내일부턴 아침까지 자시오.

신문에서만 보았던, 문자메시지 해고 통지였다. 칠구는 쪽방 시절의 첫날, 옆방에서 들려오던 밭은기침 소리가 잊히지 않는다고 한다. 밤새도록 기침은 이쪽의 벽지를 부풀렸다가 가라앉히기를 반복했다. 칠구는 꽃무늬 벽지에 말라붙은 핏물을 보고 몸을 움츠렸다. 벽 속에서 흐드러지게 핀 꽃들이 핏물 몇 송이를 품은 채 잠들어 있었다.

이불 속에서 칠구는 소설의 첫 페이지를 썼다. 제목은 '종이

학이 사는 방'이었다. 칠구는 얼마 후 기침을 하면서 소설을 써가는 자신을 발견했다.

'내 소설이 너무 추웠으니까. 난 항상
그 곁에 있었거든.'

쪽방에서 고시원으로 옮긴 것은 대세에 따른 거였다. 칠구는 우리나라 방방곡곡 중 신림동만 한 디스토피아도 보기 드물다고 한다.

"모두들 여기를 벗어나고 싶은 욕망으로 살지.
굳이 묻지 않아도 다들 목표는 '올해까지'거나
'이번 시험'이야."

어느 날 아침, 칠구는 오락실에서 '거리에서 싸움질' 하는 게임을 하고 있었다. 옆에 있던 더부룩, 덥수룩, 까치집, 왕대가리 하나가 옆구리를 쿡 찔렀다. 옆구리를 보니 귀엽게 생긴 도르코 칼날 끝이 반짝였다.

"500원만 빌려줘라!"

3만 원이 당첨된 복권을 주고 합의했다. 며칠 후 골목에서 삥을 뜯기는 왕대가리를 다시 보았다. 칠구는 주머니 속 호루라기로 그를 구해주었다. 그는 몇 년째 경찰공무원 시험 준비를 하다가 학원비만 날리고 시골의 원조가 끊겨 고시원비도 못 내 이젠 건물 복도에서 잔다고 했다. 둘은 오락실에서 '2인용 조'가 되어 열심히 적에게 미사일을 날렸다. 돈을 넣어줘야 움직이는 그 세계에선 한 판을 깨야 다음 판이 나왔다. 절치부심 끝에 마지막 판의 '왕'을 깨던 날, 왕대가리는 아는 선배와 함께 파고다공원 쪽으로 자리를 옮긴다고 했다.

"난 태극기 파는 건 관심 없어. 애국심 같은 걸 제대로 배운 적이 없어서."

태극기 파는 일을 놓친 후 칠구가 몇 년 동안 신림동 고시원에서 거친 직업은 스펙터클하다. PC방 알바, 호프집 서빙, 통닭집 전단 알바, 벌초 제거, 조계사 보일러 공사 보조 용역, 생수 배달, 불량 과자 만들기…. 칠구는 이제 짝퉁 별 세 개짜리 모텔에서 벨보이를 한다. 손님방의 벨이 울리면 계단을 뛰어올라 음료수건 새 콘돔이건 다 가져다준다.

어느 날, 칠구는 〈파이란〉이라는 영화 포스터를 고시원 벽에 붙였다.

> 세상은 나를 삼류라고 부르고 이 여자는 나를 사랑이라 부른다.

칠구는 손등에 뚝 떨어지는 눈물을 벽지에 발랐다. 칠구는 고시원에 살며 '고시(考試)'가 아닌 '고시(孤試)'를 치르고 있다. 칠구는 불 꺼진 고시원의 초인종을 누르며 구상 중인 소설의 첫 장을 떠올린다.

> '나는 매일 사랑하는 사람의 집 초인종을 누르며 살고 싶다.'

일렉트릭 번 팍°

팍은 DJ다. 20여 년 가까이 주로 홍대와 이태원에서 활동했다. 하지만 근래엔 경기도 외곽의 새로 생긴 성인 나이트클럽으로 원정을 나간다. 사장은 개장을 하기 전 주문한다.

"여기 오는 손님 대부분은 불륜이야. 오늘 밤 자네가 딴 곳으로 완전히 보내버리라고."

"사장님 딴 곳이라니요?"

"말귀가 어둡네. 제자리에 데려다놓지 말라는 말일세."

"디제잉은 분위기가 중요해요."

"그래서 자네가 음악으로 분위기를 조장하란 말이야! 불륜 조장 음원 같은 거 가진 거 없어? 자네가 가지고 있는 음악들도 다 부도덕하잖아. 남의 음악에서 다 훔친 거라며?"

"믹싱은 훔치는 게 아닙니다. 노래 한 곡을 믹싱하려고 수천 곡을 들을 때도 있습니다."

"부인들 양주 땡기게 몇 시간만 틀어줘."

성인 나이트클럽에선 하룻밤에 10만 원을 받으면 운이 좋은 편이다. 룸에 가서 남은 과일안주와 맥주 몇 병 얻어먹고 그냥 온 적도 있다. 기질을 숨길 수 없어 블루스를 틀어줘야 할 타이밍에 일렉트릭 음악을 틀어서 몇 대 얻어터지고 쫓겨난 적도 있다. 사고를 자주 친다는 소문이 돌자 클럽에서도 거의 불러주지 않기 시작했다. 시키는 대로 하지 않는 디제잉은 업주 입장에선 불필요하기 때문이다.

> "우리나라 디제이들은 하청업이에요. 아니면 가게의 분위기를 내는 소모품 정도로 여기는 사람들이 많아요."

요즘 팍은 지인들의 파티에 일당을 받고 음악을 믹싱해주거나 호프집 음향 장비를 수리해주는 일로 밥벌이를 한다. 밥이나 안주를 얻어먹고 돈은 사장이 주는 대로 받고 온다. 팍에겐 그것도 호사다. 비슷한 시기에 서울로 올라온 DJ 몇은 강남 클럽에서 시간당 몇백을 받게 된 이도 있다.

지하 창고에 딸린 방 한 칸에 살면서 팍은 어느 날 자신의 인생을 되돌아보았다. 서른다섯이 넘었다. 얼마 전 수천 장의 CD플레이어와 LP도 고향 집에 보냈다. 이제 디제잉은 대부분 컴퓨터로 믹싱이 가능하고 불필요하다고 여기기 때문이다.

팍은 턴테이블에 닐 다이아몬드의 음반을 올리고 길에서 데려온 고양이를 안은 채 남은 소주병을 들이켠다. 시를 쓰는 지인이 선물해준 책을 펼친다. 〈아침마당〉에 나와 유명해진 심리학자의 저서다. 제목은《문제는 무기력이다》.

전자공업고등학교를 졸업한 뒤 팍의 꿈은 패러글라이딩 선수가 되는 것이었다. 전기를 만지는 전공을 하고 자격증도 꽤 따서 공장에서 몇 년 일했지만 매일 똑같은 일상과 공장주의 횡포에 넌더리가 나기 시작했다. 밤마다 팍의 침대로 기어드는 남색이 강한 기숙사 분위기도 곤란했다.

"엉덩이로 원하지 않는 전기가 들어오는 경험은 짜릿하지만은 않아요."

그러다가 공장을 때려치우고 뒷산에 올랐다가 패러글라이딩 동호회 사람들을 보고 합류했다. 하늘에 연처럼 자유롭게 떠 있는 사람들을 보니 가슴이 뛰었다. 언덕에 올라 연놀이를 처음 가르쳐주던 아버지의 말씀이 떠올랐다.

"연이 눈에 보이지 않을 만큼 날아가도 걱정 말거라.

네 손과 연이 이어져 있다고 믿어야 해. 보이지 않지만 이렇게 실을 잘 조절하면 되는 거야."

가지 말아야 할 태양 가까이 가서 일렉트릭 번(electric burn)을 당하기 전까진 꽤 근사한 날들이었다. 몸도 가벼운 편이었고 실력도 금방 늘었다. 고도와 바람을 이해하는 일이 전기를 이해하는 일보다 훨씬 즐거웠다. 남들이 두려워하는 높이까지 떠올랐다. 패러글라이딩이라는 게 바람과 끊어지지 않고 이어지는 일인데, 끊어진 전기를 이어줄 때의 흥분과 비슷했다.

하지만 태양 가까이 가면 안 되었다. 기구가 태양빛에 너무 가까워져 화상을 입는 일을 일렉트릭 번이라고 하는데, 팍은 시커멓게 타서 추락했다. 다행히 호수로 떨어져 생명은 건졌다. 피부가 재생될 때까지 반년을 팍은 먼 하늘을 상상하며 견뎠다.

한 줄의 전기가 되어 하늘 한가운데 떠 있는 경험은 팍을 DJ의 세계로 이끌었다. 전자음향을 자신이 체험한 바람으로 잇는 세계가 팍에겐 인연이고 음악이었다.

연극배우가 된 외인부대 용병 J°

J는 내가 아는 한 연극배우다. 취하면 구석에 쭈그려 앉아 이집트나 알제리 군가를 한 곡씩 메들리로 불러 젖힌다. 말을 배우는 아이의 옹알이처럼 그 발음이 울렁울렁하게 묘한 정서를 동반한다. J는 그 낯선 국가의 정서를 구수하게 부른다.

'저 양반 혹시 글로벌 마초?'

오해가 몰려들 무렵, 하지만 어쩐지 그 표정이 처연해 보이기까지 한다. 물론 그 외국어로 된 음송이 군가라는 사실을 알기까지는 옆 사람의 귀띔이 조금 필요하다.

"이해하쇼. 저 양반 외인부대 출신이라오."

몇 년 전 내가 쓴 희곡 작품의 공연 연습 때 그를 알게 되었다. 그는 내 작품의 배우였다. J는 IMF가 터질 무렵 18세의 나이로 혈혈단신 프랑스의 외인부대에 지원했다. IMF를 전후로 집안의 경제 사정 탓에 잠시 군으로 유배(?)를 가준 청년들은 다들 아는 사실이지만, 그 시절 군대의 정훈교육 시간엔 외인부대의 홍보 동영상을 흔하게 볼 수 있었다. 외인부대 역사상 유례가 없을 정도로 한국인 지원자가 몰려들던 무렵이었다.

실업난에 허덕이던 청년들이(이미 현역병으로 군 생활을 마친 사람이 대부분이었다) 프랑스로 밥을 벌기 위해 몰려가던 시절이라고 해두자. 홍보 동영상의 말미엔 외인부대에서 한국인은 상당히 성실한 용병 취급을 받는다는 사실이 강조되곤 했다. 이유인즉슨 한국인은 대부분 돈을 거의 받지 않고도 군 복무를 해본 경험이 있기 때문에 외인부대의 훈련 정도는 가뿐히 소화해낸다는 것이다.

외인부대란 중세 이후 프랑스에서 시작된 용병제인데 1차 대전까지는 프랑스 식민지에 파견되어 자국의 군인 대신 전투에 참가하는 것이 목적이었으나 최근에는 다양한 목적으로 자국의 전략적 복무를 대신 수행한다. 국적 따윈 묻지 않는다. 일명 '묻지 마 부대'이다. 범죄자나 외국의 망명자, 모험심 왕성한 방랑자 들이 모여드는 경우도 많다. 여하튼 복무 계약 제도를 거친 후 손에 쥐게 되는 비용과 프랑스 시민권의 유혹은 자국에서 불한당으로 취급받는 치들에겐 상당한 매혹이었을 것이다.

물론 그곳에서 테스트를 마친 후 정식으로 입대한 한국인은 드물었다. 물론 세상에는 빵이 쳐도 안 되는 것이 분명 있으니까 이해할 만하다. J는 헬기를 타고 그곳에 내려 죽기 살기로 6년 가까운 시간을 버틴 몇 안 되는 한국인이었다.

어느 술자리에서 J는 그곳에서 공병대 소속 기병대였다고 했다. 한마디로 말을 타고 다니는 군인이었다는 것이다. 하지만 고국에 돌아와서는 말을 타본 적이 없다고 했다. 대신 지금은 새로운 말을 배우는 중이라고. 하긴 여기선 그만한 키의 준마를 타보려면 돈을 왕창 내야 할 테니까(그는 현재 비정규직이다).

J는 용병 기간을 마친 후 아이러니하게도 연극에 관심을 가졌다고 한다. 더욱 아이러니한 사실은 막상 연극을 하려고 뢰블레 극단에 들어갔지만 거기서 다시 이방인의 설움을 겪어야 했다는 것이다. 하긴 J는 완전한 프랑스인이 아니니까 거기서도 이방인을 경험했을 것이다. 그러니까 꿈을 갖게 되자 또다시 이방인의 신분으로 모국을 찾게 된 셈이라고.

어느 날 술자리에서 느닷없이 학벌 라인을 묻는 한 사람의 질문에 그는 버럭 대답했다.

"저는 외대 불어과 나왔수다!"

J는 가끔 자신이 용병으로 머물렀던 세계의 분쟁 지역들이 그립다고 했다. 벙커에 쭈그려 앉아 몽상을 많이 했다고 한다. J는 지금 연극 용병으로 매일 자신의 표정에서 새로운 광경을 목격한다고 한다. 외인부대에서도 비정규직, 여기서도 비정규직이지만 언젠가 돈을 벌면 말을 한 마리 사서 달려보고 싶다고 했다. 나는 이해한다고 겁 없이 말했다.

가끔 난 스크린 경마장을 지날 때면 생각한다.

'J는 지금 자신이 선택한 트랙에 만족할까?'

오늘도 그는 이방의 트랙에서 헐떡이며 새로운 말을 연습하고 있을 것이다.

고스트 라이터 야설 작가 Y군°

고스트 라이터(유령 작가) 중에 최근 Y처럼 고심에 빠진 친구도 드물다. Y는 야설 작가다. 소위 야스러운 이야기를 써주고 생계를 유지한다. 범위를 넓히면 '음란물 제작자'로 먹고 산다는 말이다.

Y가 쓰는 원고는 다양한 루트를 거쳐 입체화된 음란물로 서비스된다. 주로 시각적으로 극대화된다. 대개 야한 사이트의 매물이 되지만 스토리가 탄탄하고 반응이 좋으면 한정판 DVD로 변해 해외로 유통되기도 한다.

Y는 이러한 내용에 대해 종로 뒷골목 건물의 몇 층에선가 어두운 남자와 계약에 동의했다.

> "스팸 시장의 단원이 된 걸 축하하오. 시장 원리에 대해 간략하게 말씀드리자면, 첫째 원고가 어떻게 변형될지 알 수 없소. 물을 수도 없소. 뭔가를 주장한다고 해도 근거가 없소. 스팸은 근거가 없는 시장이오. 누가 읽는지 어디로 원고가 흘러가는지 물으면 다쳐요. 이 바닥의 불문율이오. 당신은 내게 원고를 삽입해주고 나는 유통하고. ㅇㅋ?"

끄덕끄덕.

"둘째 아무리 낯뜨거운 이물질을 글 속에 살포해도 죄책감이나 부끄러움 따위에 시달릴 이유가 없소. 지나친 상상력을 기대해보겠소. 물론, 이쪽에서 마음에 들지 않으면 AS는 필수요. ㅇㅋ?"

끄덕끄덕.

"근데 어떤 식으로 원고를 AS 한단 말이죠?"
"에이, 간단하지. 꼴릴 때까지."

Y는 돌아오는 길에 파고다공원에서 땟국물색 비둘기 두 마리가 난간에서 교미하는 것을 보았다.

야설 작가는 명함이 없다. 주변에 말하기도 좀 민망하다. 여자 친구에겐 뭔가를 열심히 각색해주고 있다고 단도리한다. 멀리 있는 가족에겐 몇 년째 처음 쓴 원고 제목을 따서 '보충수업 교사'라고 해두었다. Y가 지금처럼 야설 작가가 되어 일주일에 한 번 들어오는 몇만 원의 주급으로 생존 보호망을 만들게 된 계기는 너무 구구절절하니 생략하자.

그래도 궁금한 분들을 위해 소급하면 Y는 국문과를 졸업하고 시나리오 작가가 되고자 아카데미 사설 학원에 다녔다. 몇 년 골방에 갇혀보았지만 별 소득이 없었다. 글은 쓰고 싶고 먹는 것은 해결해야 하고, 이것저것 끼적거리다가 우연히 잡코리아의 번쩍거리는 '상상력 남 뺨치는 작가 모집' 배너 하나를 클릭했다.

처음엔 제법 의기양양했다. 야동 검색사로선 충실한 인터넷 시민 역할을 해보았고 그까짓 야한 이야기 정도야…. Y는 백전백패했다. 스팸 제작자들끼리 배틀 경쟁률이 장난이 아니다. 툭하면 투고해보는 신춘문예의 허수 경쟁률하고는 비교가 안 된다. 이쪽이 정말 생계로 매달린다면 순수문학 쪽은 간절함 정도다.

야설 작가로 버티려면 무엇보다 버려야 할 사항이 있다. 윤리적 기준. 여기선 남이 해서는 안 되는 음란이 도덕이다. 이를테면, 〈오빠의 손장난이 너무해〉부터 〈미안하다 사정한다〉까지, 모두 반도덕 패러디다. 늘 소재 고갈에 시달린다. 상상력이 꼬인다.

"악마에게 강간당하는 기분이 곧 들 거야."

선배가 그만두면서 해준 말이 자주 생각난다. 근친상간은 기본이고 그날 지하철에서 본 사람이나 소개받았던 친구의 여자 친구까지 고스란히 야설로 모셔 온다. 심지어 며칠 전엔 뉴스를 보고 지구에 내려온 외계인까지 침범해버렸다.

"난 내가 쓴 원고에 매일 강간당하는 기분이 듭니다."

신부를 찾아가서 이렇게 고해성사도 해보았다. 팬레터도 제법 받았다. 10대보단 장년이 많다.

"중장비 다루는 사람이오. 다음 호엔
좀 더 묵직한 것을 원하오."

하던 포클레인 기사님부터, 일수업자, 심지어 퀼트 하는 아주머니도 있었다. Y의 가장 큰 고민은 이제 그만 합법적 글쓰기를 하고 싶다는 거다.

"기회는 옵니다.
돈만 찔러주면.
어디든 그렇지 않나요?"

-

실내야구장 달인

17.1

대학생이 등록금을 마련하는 방법 중
본인이 대출(학자금 대출, 일반 대출 등)을 받거나
스스로 벌어서 마련하는 경우, 17.1%.
(2016년 기준)

실내야구장 달인

혁○

혁은 실내야구장 달인이다. 빵! 빵! 쳐낸다. 앞길 창창 쭉 뻗어나간다. 그물에 철렁! 하며 걸친 공들을 만지면 후끈거릴 지경이다. 매주 평균 5할대 타율은 유지한다. 500원에 20알인데 헛방은 별로 없다. 소문을 듣고 실내야구장 동호회 측에서 스카우트 제안이 오기도 했다.

"우리 동호회에 오시면 가입 절차 없이 바로
상위 레벨에 올려드리겠습니다."

혁은 응하지 않았다. 과거 다니던 회사처럼 연봉도 없이 타율을 마냥 낭비할 수는 없기 때문이다. 혁이 오면 먼저 온 사람들도 자리를 내주곤 한다. 대개 동네 건달이거나 백수들이다.

"타격 폼이 예술입니다. 비결 한 수만."

자꾸 말시키면 귀찮다는 듯이 한마디 해준다.

"기회는 옵니다. 돈만 찔러주면.
어디든 그렇지 않나요?"

혁이 실내야구장 달인이 되기까지는 각본 없는 드라마가 필요하다. 대학 졸업 후 20여 년 가까이 제약 회사에 몸을 바쳤다. 주로 농약 개발을 담당했다. 농약이라는 게 유통기한도 길고 농촌 필드가 거기라는 생각에 노력하면 대박을 터뜨릴 줄 알았다.

헛스윙 연속이었다. 회사의 승률은 곤두박질이었다. 출고된 상품은 대개 쥐가 먹거나 개가 먹었는데 피를 토하고 쓰러졌다. 출근해서 벤치를 지키고 앉아 있으면 과장이 입사 첫날 해준 말이 자주 떠올랐다.

> "우선, 벌레는 다 거기서 거기라는 생각을 버려야 해. 해충을 알아야 살아남는다고. 둘째, 제약 회사는 불필요한 해충은 금방 청소해버리지. 한꺼번에 싹쓸이하기도 해."

혁은 슬슬 메인 타석에 설 기회를 놓쳐갔다. 할당제 실적에 따른 삼진아웃 제도로 퇴출 리스트가 공개되기 시작했다. 진루를 해야 도루라도 해볼 텐데 구원투수를 자청하던 마누라도 떠났다. 묵묵히 응원해주던 관중들도 모두 사라졌다. 어느 날 둘러보니 구경하고 있던 아이들도 사라졌다.

세상 온갖 종류 벌레에 대해 조금씩 알아갈 즈음, 농약은 늘 예상치 못했던 부작용을 낳았다. 구조조정을 통보 받고 입사 동기가 농약을 먹고 자살했다. 함께 개발한 농약을 먹고 죽은 동기 생각에 잠을 못 이루었다. 벌레가 마셔야 할 농약을 사람이 마시고 몇 더 하늘로 갔다. 강장 드링크도 아닌데 후루룩 마셔버리다니 거참.

앞 주자들이 하나둘 필드를 떠나고 어쩌다 보니 소주 먹고 퇴근길에 실내야구장에서 배트를 휘두르고 있는 자신을 발견했다. 처음 몇 번은 공을 치고 그물 쪽으로 달리자 주인이 멱살을 잡고 내쫓았다.

"아자씨! 여기선 그만 달리시죠."

헉은 이제 출근을 실내야구장으로 한다. 헛스윙, 삼진아웃은 충분히 경험했다. 아직 홈런이 뭔지 경험한 적은 없다. 몇 년 동안 필드 구경을 못 해본 타자, 헉은 팔뚝 근육만 점점 늘어난다. 밤마다 엎드려서 수십 통의 이력서를 쓰지만

이 팔 근육만 과도하게 남아돈다. 실제 야구장은 다신 안 간다. 거기엔 환희보다 야유만 있을 것 같아서다.

눈물이 핑 돈다. 그 이름도 찬란했던 '완전 박멸', '다 잡아' 리그 시절이 생각나서다. 집 안에 모셔둔 두 개의 기념 트로피 같은 농약병, 갈증이 날 때마다 입술이 타지만 실내야구장으로 달려간다.

주자는 9회 말 2사 만루 상황. 제1구… 온다!

취준생 청원경비

골°

골은 동네 은행에서 계약직 청원경비원으로 일한다. 노량진 학원에 등록을 하고 경찰공무원 시험에 몇 번 응시했지만, 연거푸 낙방하고 선택한 일이다. 고향 부모님이 매달 보내주던 생활비와 학원비도 끊긴 지 꽤 되었고 백수로 계속 지내는 것도 무리였다.

시골에 계시는 골의 아버지는 악몽으로 남은 소도둑 사건 때문인지 골이 반드시 훌륭한 경찰관이 되기를 바랐다. 골이 초등학교 다닐 무렵이었다. 밤사이 누군가 트럭에 소를 몽땅 태워 사라져버렸다. 끝내 도둑은 잡지 못했고 골의 아버지는 농약을 마시고 죽을 고비를 한 번 넘겼다.

골은 그동안의 아버지의 한과 어머니의 원조에 보답하기 위해서라도 최소한 보안업체 회사에서 일하는 것이 도리라고 판단했다. 아버지가 그렇게 만족하진 않았지만, 청원경비복을 입고 찍어 보낸 인증샷에 기분이 풀렸는지 전화를 주셨다.

"총은 주냐?"
"아니요, 아버지. 제가 직접 구매해야 합니다."

"총을 어디서 산단 말이냐?"

"경찰이 소개해주는 곳이 있어요. 가스총이지만요."

"그래, 경비라면 총은 꼭 하나 있어야 한다.
돈은 있냐?"

"다음 달 월급 타면 할부로 구입하려고요."

"계좌번호 문자로 보내. 젊은 놈이 그까짓 총 한 자루 없다고 은행에서 기죽지 말고."

"네, 아버지. 감사합니다."

골은 아버지의 격려와 지원으로 가스총을 구매했다. 하지만 가스총은 정기적으로 가스를 충전하지 않으면 위급시 불량이 되기 때문에 몇 달 안에 강도나 소매치기가 나타나 주어야 한다.

"가스총은 강도가 나타나기 전까지 충전 비용이
만만치 않아."

골은 가스총 하나 지원해주지 않는 은행의 인심이 언젠가는 큰 은행 강도를 부를지 모른다고 여직원을 설득해보았지만, 유사시엔 진공청소기를 사용하라는 말만 전해 들었다.

“아버지, 제가 일하는 동네에선 총기 사용이 금지되어 있어서 방망이로 바꿀까 합니다.”

“돈은 있냐?”

“계좌번호 알려드리겠습니다.”

“집 주소 문자로 보내라. 집에 있는 삼단봉 보내마.”

골이 몇 달 동안 지켜본 결과 소매치기나 은행 강도를 만날 일은 거의 없어 보였다. 인상이 험악한 고객을 노려보았다가 지점장에게 혼도 났다. 진상 고객의 목에 헤드록을 걸고 팔을 꺾었다가 지점장에게 뒤로 끌려가서 쪼인트를 맞기도 했다.

“앞으로 고객에게 그런 짓 한 번만 더 하면 넌 영원히 은행 출입 못 하도록 신용을 제로로 만들어버리겠어!”

골은 경비답게 은행의 안전과 보안을 위해 열심히 일하려고 노력했다. 고액을 출금하는 고객의 지갑을 지켜주려고 만졌다가 손버릇이 나쁘다고 따귀를 맞은 적도 있다.

“이 새꺄! 방금 내 엉덩이 만지려 했잖아!”

서비스 불만을 호소하는 고객에게 무조건 고개를 숙였고, VVIP 고객에겐 무릎을 꿇고 빈 경우도 더러 있다. 민중의 지팡이라면 자존심은 버려야 한다. 고객들의 간단한 서류 작성을 돕거나 몸이 불편하거나 연령대가 높은 고객들의 ATM 업무를 보조하는 게 골의 주 업무다. 보안 업무보다는 주로 직원들의 잡무를 돕는 일이다.

말이 잡무지 은행 업무와는 상관없는 사적 용무를 감당해야 할 때도 많다. 지점장의 담배나 커피 심부름을 할 때도 있다. 점심도 창고에 가서 싸 온 도시락을 혼자 먹는다. 은행 직원들은 청원경비를 거의 하청업자 수준으로 대한다.

> "은행 강도를 때려잡는 일이라면 포기하는 게 좋을 거야. 세스코 같은 바퀴벌레 퇴치업체가 때려잡는 쪽이라면 더 맞을 수도 있지."
> "내가 청원경비로 들어가서 제일 먼저 한 일도 바퀴벌레 약을 놓는 일이었지."

하루 종일 서서 하는 일이다 보니 허리에 무리가 생겼다. 골은 경비 일을 마치고 집으로 돌아온다. 바퀴벌레가 한 마리라도 집 안에 몰래 스며 있는 것이 언제부턴가 골은 눈물겹다. 골은 영어 회화 동영상을 공부한다. 보안관이라면 외국인 강도가 들어와서 인질극을 벌일 때 협상 정도는 능숙하게 영어로 해야 한다고.

취준생에겐 필요 없는 가스총을 어버이날 선물로 고향에 보내기 위해 다음 날 우체국에 간다.

탈북 대리운전자
킨°

킨은 새터민이다. 어떤 이는 탈북자라고도 부르고 북한 이탈 주민이라고 부른다. 킨의 직업은 심야의 대리운전 기사다. 남으로 넘어와 이것저것 해보았지만, 말투로 인해 번번이 적응에 실패했다. 대리운전은 최소한의 말만 해도 되기에 몇 년째 버틸 만하다.

손님과 말을 섞을 이유도 없고 목적지를 알려주면 운전을 해서 데려다주기만 하면 된다. 가끔은 킨이 궁금해하지 않는데도 술에 취해 자신의 출신 성분이나 첫사랑의 이름 따위를 고백하는 손님도 있다. 대리 요금을 받으면 사납금을 입금하고 택시를 타고 돌아온다.

길을 잘 몰라도 남쪽은 내비게이션 하나면 겁먹을 필요도 없다. 감상에 젖어 과거를 밝히는 일이 킨에겐 없다. 남으로 넘어온 첫해엔 아는 목사의 소개로 핸드폰 판매 대리점에서 일을 했다. 먼저 넘어온 선배들의 권유도 한몫했다. 남한 말을 가장 빠르게 익힐 수 있고 자본주의를 가장 빠른 시간에 이해할 수 있는 직업이라고 했다.

"동무! 게바라다니지 말구 기름진 사람들 잘 찾아

붙으라. 남한에 붙어살이하려면 뭀은 해야지.
처마물에 강보리밥이라도 먹으려면 여기선 무엇이든
흐림수(속임수)를 잘 짜서 연습하라우."

킨은 밤마다 처음 보는 핸드폰 종류의 기능과 사용법을 외우느라 머리가 터질 것 같았다. 다양한 요금제의 매뉴얼은 10년이 넘도록 받은 군대 훈련보다 가혹했다. 버벅대며 그럭저럭 몇 개월 버티던 킨은 스마트폰이 출시되자 탈진해 사표를 냈다. 이런 탈진 공화국에서 복잡한 요금제나 외우고 사느니 북으로 돌아가는 편이 낫겠다고 생각한 적도 있다.

킨은 남으로 넘어오기까지 몇 번의 죽을 고비를 넘겼다. 3년 동안 신발을 벗은 채 잠을 자본 적이 없다. 언제 어디서건 달아나야 할 상황에 대비했다. 킨은 북에선 꽃제비였다. 꽃제비는 제비가 따뜻한 곳을 찾아다니는 데 빗댄 말로, 먹을 것을 찾아 헤매는 북한의 청소년과 아이 들을 지칭하는 은어이다. 김일성 사후 극심한 식량난과 함께 확산된 꽃제비들은 대부분 두만강 인근에서 구걸이나 소매치기로 하루를 연명했다.

킨도 북한의 고아 수용소를 탈출해서 두만강 인근의 토굴에 모여 살았다. 극심한 가난과 허기에 시달리던 킨은 꽃제비 두목의 혹독한 훈련 아래 소매치기 기술을 익혔다. 낮에는 앵벌이를 하고 밤에는 중국 관광객의 주머니를 털며 하루하루를 연명했다. 그러다가 몇몇 꽃제비들과 함께 목숨을 걸고 중국으로 가는 기차에 몰래 올라탔다.

킨은 혼자가 되면 얼어 죽거나 굶어 죽게 되고, 북한군에 잡히면 수용소로 돌아가거나 총살을 당한다는 생각에 늘 겁에 질려 있었다. 중국에서 라오스를 거쳐 남으로 오기까지 킨은 신발을 벗고 잠든 적이 없다.

킨은 숙소에서 동료들과 가끔 배달 음식을 시켜놓고 옛 시절을 생각한다.

"이 연방에서는 몇 년 동안 내 뇌파를 조사할 거다."

자다가 고향에 두고 온 엄마와 여동생 생각이 날 때면 킨은 돌아누워 눈물을 흘린다.

“눈물을 안 떨어뜨리려면 천정을 보라우.”
“개소리는 보신탕집 가서 하라우! 나는 하나도
슬프지 않대두. 여기서 나는 앞꾼개미처럼
살아남을 거라우.”
“개자슥, 남한이 어디 급강하 훈련처럼 어금니만 꽉
깨물면 되는 곳인 줄 알아?”

포식자와 먹이 방식에 대해서 떠드는 사내들과 몇 번인가 주먹다짐을 하기도 했다. 그들은 이제 변기통에 앉아서 소변을 보는 법도 익숙하다.

킨은 가끔 운전을 하다 룸미러로 술에 취해 뒷좌석에서 곯아떨어진 손님을 보면서 생각한다.

‘손기척이 들통나지 않게 동무의 지갑을 뽑아
올릴 수도 있소. 하지만 나는 이제 이 위대한
탁아소를 사랑하오.’

이동 조사원
핀○

··············

핀은 이동 조사원으로 2년째 일하는 중이다. 대학을 졸업하고 취업을 준비하다가 친구 따라 선거기간에 투표 설문 조사 아르바이트를 했던 게 인연이 되었다. 인구 이동 조사부터 도시 하수구 배관 통계까지 핀은 조사원 일이라면 가리지 않는다. 두 달 동안 전국을 돌아다니며 전봇대 숫자를 세고 기능을 점검한 뒤 통계 내는 일도 했다.

"지난번처럼 고속도로 전봇대에 올라가야 하는 일만 없다면 마다치 않을게요."
"이보게, 친구. 이 일을 오래 하려면 그 정도 담력은 있어야지. 난 고속도로에서 시속 100킬로미터로 달리는 차들을 아래에 두고 30미터 높이의 CCTV에 매달려야 하는 불량 측정원 일을 매년 하고 있네. 따라올 수 없는 전문가가 된 거지."

핀은 얼마 후 그가 도로 아래로 추락해서 죽었다는 소식을 듣곤 그쪽 일은 접었다. 조사는 자신 있지만 고소공포증을 측량하는 일은 하고 싶지 않았다.

대신 통계청 센터 알바를 다시 지원했다. 요원이라는 말이 좋아 내검 요원과 입력 요원 일도 군말 없이 성실히 해냈다. 주로 공공정책 센터나 사설 리서치 센터에서 떨어지는 하청 일이었지만 열심히만 하면 정직원의 가능성이 열려 있다는 채용 정보에 갈증이 생겼다.

"알바들이 할당량 채우기에 급급하다는 사장님의
생각은 조금 고지식해 보입니다!"

사장님은 고개를 끄덕이며 대답했다.

"그럼, 의심되는 설문지는 검수에서 잡아내
용역비에서 까도 되는 건가?"
"저에게나 사장님에게나 서로 그냥 빼먹고 가는 일은
없으면 좋겠습니다!"

핀의 성실함은 입소문이 자자했다. 핀은 매일 밤일을 마치고 회사에 문자메시지를 보냈다.

"데이터 클린(clean)!"

핀은 전문대학에서 환경위생학을 전공하고, 통계학을 부전공했다. 중간고사 기간엔 온갖 바퀴벌레의 종류를 암기했고, 출몰한 한 마리 바퀴벌레의 종류로 집 안에 섭생하는 바퀴벌레의 숫자를 예측하는 논술로 장학금을 타기도 했다. 사춘기 누나들을 가출하게 했던 바퀴벌레가 자신의 학비를 감당해줄 줄은 몰랐다. 수십 년 된 다세대 연립주택에서 어린 시절을 보내서인지 바퀴벌레나 쥐와 더부살이를 해서인지 환경과 위생에 관련된 일이라면 핀은 불평 없이 잘 해낼 자신이 있었다.

졸업 후 핀은 아버지의 가업을 계승해서 환경미화원 시험을 성실히 준비했다. 하지만 환경미화원 시험 응시자는 한 집에서 도저히 함께 섭생이 불가능하다고 여겨지는 바퀴벌레 숫자만큼 늘어났다.

경쟁률이 턱없이 높아지자 핀은 아예 전공을 살려 세스코 같은 살충 회사에 취업해보려고 했다. 회사는 바퀴벌레가 생각보다 지능이 높다며 4년제 대학 졸업생만 뽑는다고 했다. 핀은 자취방으로 돌아와 약 먹고 뒤집어진 바퀴벌레처럼 날개를 빼놓고 발버둥치며 분개했다.

그러곤 통계원 조사 업무에 이력서를 다시 썼다. 그리고 드디어 원하던 탑승 인원 조사 업무를 맡게 되었다. 서류철과 모나미펜 한 자루를 들고 버스에 올라타 정류소마다의 탑승 인원을 기록하는 일이었다. 새벽 5시경에 첫 버스에 몸을 싣고 종점에 닿으면 잠시 내렸다가 후다닥 다시 버스에 올라타는, 그렇게 막차 시간까지 연령대별 승하차 인원을 세는 일이다.

통찰력을 발휘해 연령대나 직업대별 승차 인원까지 기록할 필요는 없었다. 대신 점심값을 아끼려고 굶었다가 어지러워서 탑승객 숫자를 헛갈린 경우는 종종 있었다.

핀은 이 '버스 탑승 인원 조사 업무'가 점점 마음에 들었다. 공짜로 버스를 타 종일 버스 노선을 따라 도시를 돌아보는 것도 즐거웠다. 특유의 성실과 근면 탓인지 사내에선 핀에게 서울의 거의 모든 노선을 맡겼다. 대신 다른 승객들과 달리 종점까지 환승은 한 번도 하지 못한다는 규칙이 창밖을 보는 핀을 핑 눈물 돌게 하곤 했다.

“경마장에 오는 대부분의 사람이 하나같이 믿는 게 있다. 살다 보니 사람보다 말이 더 믿을 만하다는 거다.”

–

신문팔이

7,745,900,000,000

마권 매출액. 7조 7459억 원.
(2016년 기준)

경마장 신문팔이
낌°

낌은 얼마 전 경마장에 취업했다. 주말마다 경마장에서 신문을 팔기 시작한 것이다. 새벽에 경마장 내의 지점에 가서 신문을 배급받고 마장 시작 전 마권을 고민하는 고객들에게 경마신문을 파는 일이다. 낌은 아이스크림처럼 생긴 커다란 통에 신문을 담아 경기장 안팎을 돌아다니며 신문을 판다. 경마신문은 지난주 하이라이트 경기 중계부터 경주마의 품종까지 말에 의한 말을 위한 말로 이루어진 정보 신문이다. 말에게 돈과 승부를 걸고 욕망을 믿는 세상이 담겨 있다. 경마장에 오는 대부분의 사람이 하나같이 믿는 게 있다. 살다 보니 사람보다 말이 더 믿을 만하다는 거다.

마권을 산 사람들이 자리에 앉아 있으면 낌은 옆을 지나가며 호객을 한다.

> "자! 제9경주 국산 4세. 진검승부 놓치면 안 됩니다.
> 수말과 거세마 찾으시는 분, 신문 있습니다.
> 1200미터 총상금 3억 원!"
> "국내 최정상 스프린터 '광교비상', '쾌지나칭칭' 찾는 분! 오늘 단거리, 중장거리 정보 알찹니다."

낌도 어느새 나라 안팎의 뉴스보다 경마 세계에 더 익숙해져간다. 출전 등록마의 정보를 달달 외워야 하고 대중들이 열광할 만한 박빙의 경주를 꼼꼼하게 챙겨두어야 한다. 목요일이나 금요일이 되면 경주마의 건강 상태에 따라 출전 여부가 달라지기 때문에 단골들은 신문보다 자신의 정보원을 믿는 사람이 더 많다.

한때 낌의 꿈은 기수가 되는 것이었다. 제주에서 자라나 개인 마주였던 아버지의 사업으로 인해 어릴 적부터 조랑말과 친했던 낌은 초등학교에 들어가면서 아버지의 권유로 기수가 되기 위한 수업을 받았다. 하지만 외산마들이 몰려오기 시작하고, 지역 선거에 출마한 아버지가 연거푸 낙마한 후 낌의 집안도 풀을 뜯기 시작했다.

낌은 기수학교에 진학했지만, 기복이 심했고 자주 부상에 시달렸다. 스무 살까지 몇 번의 시험에 낙마한 후 포기했다.

낌은 야생마가 되어 술과 경마장을 전전했다. 아버지는 역습을 준비하기 위해 가진 말을 모두 팔고 우주베키스탄으로 떠난 지 10년이 넘도록 소식이 없다. 아버지는 한마디를 남기셨다.

“꼭 1등이 아니어도 된다. 단거리가 아니라 장거리에 적응할 수 있는 복병이 되거라.”

아버지의 도주력을 감당하기 위해 어머니는 흑기사가 되어 지금까지 기사 식당에서 일한다.

어릴 적 낌의 기수학교 동기 몇은 근사한 경주마 기수가 되어 고급 스포츠카를 몰고 다닌다. 낌은 언젠가 기수의 애인을 태우고 대리로 스포츠카를 몰고 외곽으로 달려본 적이 있다. 약속대로 동기의 카섹스 망을 봐주고 10만 원짜리 수표 한 장을 받았다. 그날 버스를 타고 돌아오는 길에 멀미가 올라와 바닥에 토하고 말았다.

경주가 시작되면 당일 경마신문은 무용지물이 된다. 휴지가 된 마권을 들고 와선 신문에 속았다고 낌의 따귀를 날린 사람도 있다. 이것저것 떼어주고 나면 낌의 일당은 5만 원 정도다. 그것도 200부 이상은 팔아야 돌아온다. 전력을 다해 마장을 뛰어다녀도 신문팔이는 한계가 있다. 낌에게 돌아오는 배당이 너무 낮다.

경주가 시작되고 게이트가 열리면 경마장은 숨죽일 듯 고요하다. 경마 중계가 시작되면 낌도 구석에 앉는다. '광교비상'과 '남해'와 '백기사'와 '한라봉'이 스프린터 대결을 펼친다. 1400미터는 말에게 꽤 숨차는 경기다. 보는 이들에겐 침 한 번 삼킬 틈도 없는 시간이다. '차령산맥'이 선두로 치고 나온다. '쾌지나칭칭'이 바짝 뒤쫓는다. 코너를 돌 때마다 관객과 낌의 가슴은 흥분의 도가니다. 결승선 직선주로에 도달하는 말들은 난타전을 방불케 한다.

경마의 열기가 다 식은 구석에서 낌은 주머니에서 오래된 마권 한 장을 꺼내본다. 101전 최다 연패 '차밍걸' 일명, 똥말. 한 번도 이기지 못했고 한 번도 포기하지 않았던 말. 아버지가 처음 사준 마권이다.

낌은 자신의 영업용 택시로 돌아온다. 한 주가 시작되면 낌은 영업용 택시를 운전하며 도시를 달린다. 경주가 시작되면 기수는 뛰는 말의 등에 앉을 틈이 없다. 혼전은 피할 수 없다.

GPS 수리점을 꿈꾸는 용팔이

튠◦

튠은 용산 전자상가에서 일한다. 주로 컴퓨터 부품들을 조립해주거나 수리하는 일을 한다. 직원은 주인과 튠 둘이다. 손님이 없을 때는 구석에 앉아 중고 모니터를 닦는다. 대부분이 인터넷으로 상품을 구매하고 용산까지 찾아오는 고객은 거의 드물다.

짖을 일이 없는 경비견처럼 튠은 주인의 눈치를 보며 매일 점심을 먹는다. 침체한 상권 분위기에 빠져 씩씩거리던 주인은 최근 사설 오락실 쪽으로 업종을 바꾸려 하고 있다. 염탐을 핑계로 매일 오락실에 가서 오후 늦게야 돌아온다.

조립 PC와 중고 노트북 시장의 대마왕이었던 용산의 제왕은 천천히 몰락했다. 동네마다 대형 마트가 들어서면서 대기업의 상술이 용산의 골목 상권까지 기습했다.

10여 년 전 튠이 이곳에 들어왔을 때만 해도 '호구' 손님이 많았다. 싼 물건을 사려고 온 고객들은 최저가에 맞춰주겠다는 사탕발림만 해주면 지갑을 열었다. 호황을 누리던 시절이라 튠도 몇 년 동안 기술보다 사탕발림만 배웠다.

이를테면 자꾸 캐묻고, 전문 지식으로 똘똘하고, 과도한 AS를 요구하는 고객에겐 부드러운 말투로 "손님 맞을래요?"라고 하면 입술을 내밀고 집으로 돌아갔다. 3000명이나 되는 용팔이의 카르텔은 단단하고 견고했다.

"우리가 없으면 이 용산은 몰락할걸."

용팔이들의 입에서 싱싱한 구라산 해산물이 줄줄 흘러나오던 시절이었다.

튠은 지방의 전자공업고등학교를 나와 몇 년 부품 공장에서 일하다가 그만두고 산악용 자전거를 한 대 구입해 몇 개월 중국을 횡단했다. 공장을 벗어나 더 넓은 세계를 경험해 보고 싶었다. 태극기를 자전거에 달고 중국의 우렁찬 산맥들을 넘었다. 중국의 농공들은 여행을 하던 튠을 부러워했다. 대부분 한국에 가서 일하고 싶다고, 자신들도 무모한 삶을 끝내고 싶다고 했다.

그중에 몇은 자전거 안장 뒤에 자신을 태워 한국으로 데려가달라는 이도 있었다. 삶은 고구마를 내어주며 자신의 막내딸이라도 자전거에 태워 데려가달라는 이도 보았다. 튠은 막내딸에게 태극기를 선물해주곤 돌아섰다. 길손은 미련을 남기면 안 되기 때문이다.

언덕을 오를 때마다 페달을 밟으며 튠은 내리막을 생각하고 견뎠다. 그러고는 돌아와 용산 전자상가에 취업했다. 세계는 넓지만 자신이 할 일은 별로 없다고 여겼다.

반년 넘게 이곳저곳 여행을 하던 튠은 우연히 쓰촨 성에서 자신처럼 자전거 여행을 하던 사람을 만나면서 생각이 변했다. 그는 자전거에 GPS를 달고 2년째 여행을 다녔다고 했다.

> "돌아가면 자전거를 팔아치우고 이런 전자제품 장사를 해야겠어. 이놈이 없었으면 난 벌써 길을 잃었을 거야. 대단한 녀석이라고!"
> "전 마음이 시키는 대로 페달을 밟아 달려왔어요."
> "멍청한 소리 좀 그만해. 우린 자신을 속여온 거라고. 첨단의 시대가 다가온다네. 나침판 따윈 필요 없어. 길을 잃지 않기 위해선 이제 GPS 같은 전자제품이

필요해. 나랑 함께 용산으로 가서 용팔이가
되어보세."

튠은 그렇게 이 길로 들어섰다. 지금 생각해보아도 그건 근사한 선택이었다. 튠은 자신의 여행이 큰 의미를 남길 수 있어 다행이라고 생각했다. 튠은 언제나 자신이 행운아라고 믿었다. 자전거 여행을 함께하던 그 지인은 몇 년 후 용산을 나가 내비게이션 장사를 했고 돈을 왕창 벌었다. 그는 튠에게 소주를 사주며 자전거 여행에서 길을 잃지 않는 법을 배워 다행이라고 했다.

용산의 건물주들은 점점 점포를 대형화하고 온라인과 병행하며 공실을 메웠고 직원들을 대폭 줄였다. 수많은 용팔이가 직장을 잃고 떠나야 했다.

튠은 이 아찔한 위기를 잘 넘겼다. 호객과 화술로 능선을 넘으며 숨을 고르던 동료들은 모두 필요 없어졌지만 튠은 수리 기술과 전문 지식으로 버텼다.

컴퓨터와 전자제품에 둔한 주인이 호구였기 때문이다. 대형 마트에서 지배인으로 일하던 주인은 지인의 귓속말에 속아 용산에서 자영업을 시작했다. 튠의 동료들은 호구 주인을 만나는 것이 제일 좋은 운이라고 말해주었다.
튠은 이제 지나가는 고객 한 사람이라도 잡아야 월급이 보장된다. 용산에 오는 이가 줄어 박리다매도 통하지 않는다. 마우스 클릭 한 번으로 가격을 비교하고 최저가를 요구하는 시대다.

튠은 망할 시대를 만나 이제 자신의 운이 달아나고 있다고 생각한다. 낙후와 자체 몰락의 분위기에 용팔이들은 게임에 빠지기 시작했다.

하지만 튠은 지구의 어디를 가더라도 길을 잃지 않는 'GPS 수리점'을 차리는 꿈을 아직 포기하지 못했다.

동물원 사육사
얌○

얌은 얼마 전까지 동물원의 계약직 사육사였다. 주로 원숭이들을 맡았다. 얌은 새끼 알락꼬리여우원숭이의 기저귀를 채워주었고 히말라야원숭이의 목욕물을 덥히고 망토원숭이의 텃세를 버티며 기 싸움을 벌이기도 했다. 일을 그만두기 전까진 혼기를 놓친 다람쥐원숭이의 소개팅을 주선하려고 노력했다.

얌은 지금 애견 미용실에서 일한다. 동물행동 상담사로 취업했지만, 인터넷으로 고양이와 강아지를 싼값에 매입하거나 분양시키는 것이 주 업무다.

얌은 어릴 적부터 동물들과 친했다. 직장에서 해고된 후 시골에서 흑염소 농장을 하는 아버지 탓인지 자연스럽게 동물들과 어울렸다. 산과 들에서 뛰노는 동안 동물과의 감수성이 겨드랑이털보다 빠르게 자랐고 초등학교를 졸업할 무렵엔 동물원에서 일하는 꿈을 갖게 되었다. 얌에겐 먹이사슬의 우위를 차지하기 위해 애쓰는 인간의 삶은 시시했다.

"난 아빠처럼 동물과 교감하는 삶이 더 맞는 것 같아요."

"얘야. 사실 난 인간들 속에 더 있고 싶었다. 하지만 그 왕국에서 쫓겨났다. 먹고살기 위해서 흑염소와 붙어먹은 거야."

얌은 아버지를 사랑했지만, 아버지의 흑염소를 한 번도 먹지 않았다.

얌은 대학에서 야생동물학과 동물행동학을 공부했고 체계적인 동물사육 공부를 한 후 동물원에 계약직 사육사로 취업했다. 사육사 시험은 경쟁률이 높았다. 뉴스에선 중국의 채용 시험에는 마르크스 이론도 포함된다고 했다. 사상 교육을 받을 판다를 생각하면 마음이 아팠다. 시험 막바지엔 체력이 떨어진 얌을 위해 시골에서 아버지가 흑염소즙 한 박스를 고시원으로 보내왔다. 얌은 변기통에 한약 봉지를 모두 까서 흘려버렸다.

"이제부턴 사자나 불곰이 내 딸을 물어가지 않도록 기도해야겠구나."
"아버지는 흑염소부터 자라, 뱀장어까지 평생 생명과 더불어 살아오셨잖아요?"

"맞아, 난 평생 그놈들과 부둥켜 살아왔지."
"아빤 비 오는 날 동물원 가는 것도 좋아하시잖아요?"
"하지만 난 동물원으로 딸을 보러 가고 싶지는 않구나."
"난 아버지처럼 스스로 만든 작은 동물원에 갇혀
살지는 않을 거예요."

하지만 얌이 생각한 것만큼 동물원 일이 쉬운 건 아니었다. 방사장에서 부주의한 사고로 병원에 실려 간 베테랑 사육사도 많이 보았다. 새벽 일찍 일어나 밤늦게까지 새끼를 낳으려는 동물과 있어야 할 때도 많았다. 동물끼리 주고받는 경쟁과 학대를 중재할 수 없을 때는 괴롭기도 했다.

원룸으로 돌아와 얌은 내실에 있는 한 마리 거북이처럼 바닥에 엎드려 움직이지 않고 눈꺼풀을 끔벅이다가 잠들곤 했다. 그래도 얌은 곰, 여우, 원숭이, 스라소니, 라쿤, 물범 등 다양한 동물과 사는 것이 좋았다.

얌이 동물원 사육사를 그만둘 수밖에 없었던 이유는 아버지 때문이었다. 농장에 혼자 계시는 아버지의 척추가 망가져 혼자선 몸을 가눌 수 없게 된 것이다. 얌이 시골로 내려와

간병을 해야 했다. 동물들에게 했듯이 밥은 잘 먹었는지, 아침마다 변은 잘 보는지, 변 빛깔을 보고 건강을 살피며 아버지를 돌보았다. 아버지는 몇 년이 지나자 늙은 미어캣처럼 몸길이가 줄어들었고 누워서 초식동물처럼 풀죽만 드셨다.

얌은 병들어 내실에만 있는 아버지를 외면할 수 없었다. 무리에서 밀려난 지 몇십 년이 되어 이젠 혼자서 변을 볼 수도 없을 만큼 애처로운 상태가 되었다. 얌은 가끔 아버지가 애완동물인지 멸종위기의 야생동물인지 헛갈렸다. 아버지는 결국 흰 오릭스처럼 남은 깃털들을 파득거리다가, 흰 코뿔소처럼 시멘트 바닥에 옆으로 누워서 돌아가셨다. 관객은 얌 단 한 명이었다.

얌은 아버지를 자연으로 돌려보내고 사설 동물원에 들어갔지만, 곧 그만두었다. 사육하던 오랑우탄이 죽자마자 박제해서 동물원 입구 전시장에 진열하는 주인의 당원이 되기는 싫었기 때문이다.

로또 분석하는 수학 선생 꽝

꽝은 영등포에 있는 학원에서 중학교 수학 강사로 일한다. 대학에서 수학을 전공하고 통계학 대학원에 진학한 꽝은 연구실 조교로 있으면서 틈틈이 학원 강사를 했다.

어느 날 지도 교수의 연말정산을 처리해주던 꽝은 문득 삶이 헛헛해졌다. 꽝은 몇 년간 연구실에서 지도 교수가 룸살롱에 가서 쓴 수많은 영수증을 모으는 일만 했다. 살아온 인생을 대충 통계 내보니 잘되어야 학교 전산실 취업이었다.

과에서 제일 잘나갔던 선배는 선거관리위원회 공무원이 되었다. 하지만 그 선배는 선거 출구 조사 때 실수 한 번 한 것이 화근이 되어 지금은 가리봉동에서 부동산 중개소를 한다. 땅은 거짓말을 열심히 시키면 그대로 따라 한다고 했다.

꽝은 어릴 적부터 부모님이 시키는 대로 살았지만 부모님을 간암으로 잃은 후 생각이 달라졌다. 두 분이 같은 해 나란히 간암 판정을 받고 두 손을 꼭 쥔 채 나란히 돌아가시리라곤 생각지 못했다. 부모의 지지율이 사라진 투표는 해봐야 허탕이다.

꽝은 대학원을 때려치우고 선배가 운영하는 입시 학원에 나갔다. 다행히도 수포자들(수학을 포기하는 사람들)이 해마다 늘어나고 있어 이쪽은 아직 요직이라 생각했다. 아이들의 수학 점수가 오르는 만큼 보너스도 조금씩 정비례했다.

수학의 세계가 오묘하다고 꽝은 늘 생각한다. 수학은 상상력을 발휘해선 안 되니까. 결국은 공식으로 돌아오는 정직한 세계가 수학이니까.

꽝은 학교를 마치고 피곤한 얼굴로 학원에 오는 아이들에게 인생이란 발전하기 위해 존재하는 것이 아니라 행복하기 위해 존재한다는 명언 따위는 가르치지 않는다. 미적분까지는 발전해야 인생이 충만해지고 행복은 원주율 속에서 찾으라고 모범 답안을 제시한다.

꽝은 주말까지 열심히 일했다. 선배가 갑자기 업종을 학원에서 노래방으로 바꾸어야겠다고 선언하기 전까진.

선배가 파트타임으로 손님을 접대할 아줌마들을 면접 보기 시작했다. 선배는 이제 노래방엔 다른 강사가 필요하다며 강사들을 정리했다.

꽝은 집으로 돌아오는 길에 로또를 왕창 샀다. 그 후 로또는 꽝의 '완전연소 프로젝트'가 되었다. 로또를 분석하는 일이 일상이 되었다. 꽝은 방바닥에 앉아 홀짝 비율과 고정 수와 제외 수를 분석한다. 경향 역전 수에 대한 도표를 만들고 당첨 수기를 열심히 읽으며 마인드맵을 작성한다. 일주일 동안 판매된 로또가 2000억 원에 육박한다는 신문 기사를 보면 첫사랑을 보았을 때보다 더 가슴이 뛴다.

"숫자만으로 이루어진 이보다 공평한 재분배가 어디 있겠는가?"

꽝은 거대한 당첨금을 상상하면 일주일의 일상이 즐거워졌다. 지금처럼 설레며 일주일을 보내본 적이 전엔 없었다. 꽝은 로또를 성실하게 분석하는 것만이 무산 계층을 우습게 보지 않게 하는 건강한 시민의 모습이라고 생각한다. 불평등을 해결하고 자수성가할 수 있는 자발적 동기를 한탕주의로 몰고 가는 사람들의 생각은 꼬인 것이라고 생각한다.

정부의 공공사업 중 로또만이 국민 모두에게 희망을 한시라도 포기하지 않게 하는 진정한 배분율에 걸맞은 정책이라고 생각한다. 세계시민처럼 가진 자와 덜 가진 자가 저녁에 모여서 토요일 밤 로또 중계를 함께 보면 좋겠다고 생각한다. 꽝은 로또 숫자들의 경우의 수를 생각하는 시간이 자신의 노동요에 가깝다고 믿는다.

로또에 당첨된 날을 상상하면 자기 전에 미소가 나온다.

매주 실패했지만 꽝은 자신이 분석해서 고른 숫자들을 허수로 보지 않았다. 마지막 수학 수업 때 꽝은 확률을 가르쳤다. 학생들에겐 가치관이 바로 서야 스스로 주인이 되는 거라고 로또 명당자리를 권했다. 영장류는 짐승과 달리 숫자를 고를 수 있어야 한다는 함수관계를 설명했다.

로또에 삶을 의존하는 것은 비참한 악순환이라고 사람들이 비웃어도 꽝은 모를 소리라고 여긴다. 인생이 흐린 자들에게 이보다 더 매력적인 무리수가 어디 있겠는가?

"면접관님. 제가 왜
이 회사에 합격 못 하는지
물어도 되겠습니까?"

-

애완견 산책자

1,352,230

최저 임금 6470원을 8시간 기준으로 계산한
주 40시간제의 월급(유급 · 주휴 수당 포함,
월 209시간). 135만 2230원.
(2017년 기준)

애완견 산책자

잉여

잉은 애완견을 산책시키는 일을 한다. 알바로 시작했지만 직업이 되었다. 바쁜 주인 대신 애완견을 데리고 산책을 나갔다가 돌아오면 되는 일이다. 잉은 영국 어학연수 시절 몇 달 이 일로 알바를 해본 적이 있다. 잉이 본격적으로 이 일을 하게 된 건 취업난 때문이다. 대학에 들어가 스펙도 쌓고 각종 인턴십에 봉사 활동, 자격증까지 열심히 해보았지만 결국 취업엔 실패했다. 졸업 후 이력서를 한 해에 백 군데도 넘게 써보다가 결국 절망했다.

"최종까지 갔다 싶으면 공중에서 낙하산이 내려왔어요. 금수저 은수저를 따라가기엔 처음부터 너무 늦은 게 아닌가 싶은 생각이 많이 들었어요."

잉은 창업을 하기로 결심했다. 어학연수 시절의 애완견을 산책시키는 일을 경험 삼아 카페를 열고 SNS로 홍보하기 시작했다. 1시간을 일해도 햄버거 하나 사 먹을 수 없는 최저 시급의 나라에서 애완견을 산책시키고 받은 돈은 생각보다 괜찮았다.

"마지막 입사 지원서는 바퀴벌레 퇴치 회사였어요."

"바퀴벌레를 사랑하나?"
"좋아하진 않습니다."
"자네는 탈락이네. 사람들은 바퀴벌레를 증오하지만 우리와 같이 일하려면 애정을 갖고 바라봐야 하네."
"면접관님. 저는 늘 제가 하는 일에 대해서 열정과 애정을 가지려고 노력해왔습니다."
"바퀴벌레를 사랑해본 적은 없잖아?"
"아직 사랑에 빠져본 적은 없습니다."
"9급 환경미화원 응시자가 쓰레기를 싫어한다고 하면 합격하겠나?"
"그렇게 대답하면 떨어질 것 같습니다."
"바보 같으니. 젊어서 아직 판단이 미약하군. 환경미화원은 쓰레기를 증오해야 하네. 그래야 환경을 살리는 마음이 커지지 않겠어?"
"면접관님. 아까는 바퀴벌레 퇴치 회사에 취업하려면 바퀴벌레를 사랑해야 한다고 하셨습니다. 그래서 저는 같은 맥락으로 환경미화원은 쓰레기를 사랑해야 한다고 생각했습니다."
"주체성이 그리 없어서야. 꺼져버려. 우리 회사는 바퀴벌레를 퇴치하는 곳이야. 바퀴벌레가 얼마나 예민하고 능청스러운지 알게 되면 자네는 스스로 벌레보다 못하다고 생각할 거야."

"면접관님. 정말이지 저는 바퀴벌레를 너무도 사랑하고 싶습니다. 죽을 듯이 사랑해서 발견할 때마다 모두 품에 안고 집으로 돌아올 각오가 되어 있습니다."

"정말이야? 한 마리도 안 남기고 품에 안아서 데려올 수 있겠어?"

"한 마리도 안 남기고 모두 집으로 데려오겠습니다."

"강아지 키우나?"

"저 혼자 살기에도 벅차서 반려견은 없습니다."

"바퀴벌레는 죽을 때 딱 한 번 날개를 펼쳐두고 죽지. 왠지 알아?"

"바퀴벌레를 너무도 사랑한 나머지… 나머지는 잘 모르겠습니다."

"지도 날개가 있다는 거지. 죽기 전까진 날개를 감추고 있게. 바퀴벌레처럼 세상 구석구석 숨어서 살더라도 말이야. 자넨 불합격이네."

"면접관님. 제가 왜 이 회사에 합격하지 못하는지 물어도 되겠습니까?"

"모든 건 이미 정해져 있기 마련이야. 이제부턴 홀로 버려진 자신이나 잘 돌보게."

잉은 낙하산 날개를 숨기는 사람들을 원망하고 싶지 않았다. 잉은 돌아오는 길에 유기견 센터에 들러 강아지 한 마리를 입양해왔다.

"주민 한 사람이 '나 이사하니까 이 강아지 안락사 시켜달라'는 편지를 써놓고 갔어요."

잉은 혼자 사는 사람들이 늘면서 반려견도 늘지만 사정이 여의치 않아져 버리는 사람들 때문에 유기견 수도 늘고 있다는 사실에 문득 깨달음이 왔다. 애완견을 산책시키는 업체를 창업한 것이다. 연수 시절 알바로 강아지에 대한 지식과 훈련 경험은 충분했고 도그 워킹(Dog Walking) 일은 해외에선 엄청난 규모의 시장을 가지고 있다는 것도 매력적이었다. 고객이 많아져 하루에 두 마리에서 다섯 마리, 나중엔 열 마리까지 한꺼번에 산책하기도 했다. 강아지들이 잉에게 돈을 벌어주기 시작한 것이다. 잉은 일이 아무리 많아도 동업은 하지 않았다. 대신 아침부터 저녁까지 풀타임을 비

워두었다. 새벽 5시부터 밤 11시까지 고객이 원하는 시간이면 잉은 택배 기사처럼 배변 봉투와 집게를 챙겨 주소지로 달려가 강아지를 데리고 나왔다. 개장수를 알아보는 개들이 있듯이 자신과 같은 일을 하는 사람을 알아보는 금수저 애완견도 있었다.

"네가 먹는 것과 내가 먹는 것이 거의 비슷해간다고 너무 나를 무시하는 눈치로 그렇게 바라보거나 걷지 않아도 된다고."
"혼자 걷고 싶으니까 좀 조용히 해줄래?"

애완견과 오래 산책을 하다 보면 분명 말을 할 줄 아는 녀석도 있다.

"명절이나 휴가철이 두려워. 우리가 귀찮아져서 국도나 해수욕장에 버리고 오는 이가 많다고 하잖아."
"걱정하지 마. 명절이나 휴가철엔 내가 더 애써볼게."

가끔은 여자 친구가 데이트하다가 잉의 몸에서 개 냄새가 난다고 싫어하기도 했지만 잉은 이 일이 보람찼다.

"개 같은 내 인생이 개로 인해 거듭나고 있어.
이 정도면 개과천선 아닌가?"
"자기야 그만해. 개처럼 짖고 있잖아!"

어느 날 몰티즈종 애완견 한 마리가 거리에 변을 누었다. 잉은 그날 깜빡하고 배변 봉투를 챙겨오는 것을 잊었다. 순경이 다가와 물었다.

"그 개똥 치우세요! 딱지 끊을까요?"

그 순간 잉은 뉴욕으로 간 불가리아 이민자 출신 소설가의 소설 속 한 장면이 떠올랐다.

"알겠습니다."

잉은 지갑에서 달러 한 장을 꺼내 개똥을 집어 올리고 쓰레기통에 버렸다.

"더러우니까요."

엘리베이터 걸

텐°

··············

텐은 K그룹 본사 빌딩의 엘리베이터 안내원이다. 제복을 입고 하루 종일 오르락내리락하다 보면 퇴근 시간이 된다.

"몇 층 가십니까?"

공손하게 물어주고 원하는 층을 안내해주거나 문을 안전하게 여닫기만 하면 된다. 엘리베이터 안에서 마주치는 사람은 두 종류다.

"몇 층, 눌러주세요" 하고 말하는 친절한 쪽과 "몇 층!" 하고 반말하는 쪽이다.

텐은 친절한 미소를 늘 얼굴에 장착하고 있다. 엘리베이터로 들어오는 모든 이에게 안정과 친절을 베풀어야 하기 때문이다. 엘리베이터에 끼인 손님에게 미소를 지으며 "괜찮으십니까?"라고 물어야 할 때도 입꼬리에 비웃음이나 조롱이 섞여서는 안 된다. 업무는 간단하지만, 비상 상황이 발생할 경우를 대비해 항상 매뉴얼대로 움직여야 하므로 긴장을 풀 수 없다. 괴한들이 엘리베이터로 들이닥치거나, 회사에서 잘린 직원이 CEO의 목에 식칼을 대고 엘리베이터에

타 인질극을 벌일 수도 있으니까. 물론 그런 일은 엘리베이터에서 지루하게 시간을 보내는 텐의 상상에서나 일어나는 일이고 결코 일어나서도 안 되는 일이다.

텐은 갑자기 배가 아프거나, 배가 너무 고플 때도 엘리베이터를 사수하고 있어야 한다. 종일 서 있어야 하는 애환은 주당 40시간 평일 아침 7시부터 저녁 7시, 토요일 오전 7시부터 오후 3시까지 순환을 요구하며 월급 91만 원으로 책정되어 통장에 돌아온다.

이사장을 비롯한 외부 VIP가 도착할 시각에는 빌딩이 무너진대도 엘리베이터를 비울 수가 없다. VIP가 엘리베이터 버튼을 직접 누르는 일이 발생하면 텐은 제복을 벗고 다시 쇼핑몰 센터에서 전화를 받아야 할지도 모른다.

> "밖에서 전쟁이 일어나도 전 엘리베이터를
> 사수할게요."

일한 지 6개월 동안 텐이 엘리베이터 구석에서 몰래 삼각김밥과 삶은 계란을 먹은 건 두 번 정도다. 고개를 돌려 1분 만에 입에 쑤셔 넣고 목으로 넘겼지만 경비원에게 발각되었고 불려가 싸대기를 몇 차례 맞고 무릎을 꿇고 빌어야 했다.

"회사가 어려워지면 니들부터 잘린다고! 조심해!"
"죄송해요, 아저씨. 배가 너무 고팠어요."
"이년아! 아무리 배가 고파도 엘리베이터에서 삼각김밥과 달걀을 처먹으면 어떡해? 여기가 네 방이야? 여긴 본사 빌딩이야, 격 떨어지게!"
"면접 볼 때 엘리베이터를 제 방처럼 생각하라고 했는데…."
"닥쳐! 이것아. 임원들한테 걸렸으면 넌 골프장 캐디로도 못 빠져!"

텐은 K그룹 소속 직원은 아니다. 정확하게 말하면 텐은 K그룹의 외부 하청업체 직원으로 계약했다. 이 하청업체는 K그룹 빌딩 내부의 화장실과 엘리베이터, 경비실의 용역을 총괄 담당하고 있다. 텐은 K그룹에서 일하지만, K그룹의 엘리베이터에서만 일한다. 텐의 일터는 사실상 K그룹이 아니라 엘리베이터인 것이다.

식사도 직원 구내식당이 아닌 화장실 청소원과 경비 직원들의 식당을 이용한다. 1년이 넘도록 가슴에 명찰을 달고 일했지만 텐의 이름을 기억하거나 호명해주는 K그룹의 직원은 없다. 물론 다리를 훔쳐보거나 어깨에 손을 올리고 "18층 좀 눌러"라고 말하는 임원은 많았다.

텐은 그래도 자기 일에 자부심을 갖는다. 정부에선 오래전부터 정부 청사의 승강기 안내원을 연차적으로 줄여 지금은 완전히 사라진 상태다. 민간 기업도 거의 승강기 안내원을 연차적으로 줄이고 있다. 백화점과 병원에서도 이제 엘리베이터 안내원은 보기 힘들다.

어느날 텐은 계약 만료를 앞둔 경비원 아저씨와 소주를 마시며 취한 채 말했다.

"아저씨, 제가 왜 홈쇼핑 전화받다가 여기 온 줄 아세요?"
"하루 종일 전화받기 싫어서 왔겠지 뭐."
"우리 언니가 그랬어요. 로비 종합안내 부서에 배속되려면 일단 에스컬레이터에서 일하고 그다음엔 엘리베이터를 지나면 된다고요."
"그게 뭐가 다른데? 점점 내려가는 쪽인데?"
"에이, 아저씨는 진짜 세상을 하나도 모른다.
사람 같잖아요. 종합안내 부서에서 일하면
사람 같잖아."
"이 자식아, 오르지 못할 나무, 아니 엘리베이터는
넘보지 마. 네가 미스코리아 출신이라도 되는 줄
알아?"
"그래도 아저씨, 미스코리아든 뭐든 서서 웃는 건
다 비슷해요."
"웃겨, 너 회사에서 왜 나보고 그만 나오라고
한 줄 알아?"
"못생겨서겠지. 끄억. 취한다."
"이사장 아들 새끼가 새벽에 엘리베이터에서
여자랑 떡치는 걸 목격했거든. 내가 목격자니까."
"그 새끼 너무한 거 아니에요? 남의 일터에서…."
"그러게 니 일터에서 허락도 없이, 허허."
"아저씨 봐주자, 봐줘. 여관비가 없었나 보지."
"두고 봐, 내가 언젠간 그놈의 엘리베이터 줄을
몰래 끊어놓을 거니까. 그놈들도 추락하는 맛을 봐야

내 맘을 알지."

"아저씨! 그러지 마. 나 가지고 장난치지 마!"

가짜 환자 알바생

팡○

팡은 지난 1년 동안 서른세 살의 남자 '조태기'로 살았으며 연봉 5000만 원대 IT 중소기업의 팀장에 걸맞은 말투를 썼다. 그리고 그는 심장 질환의 하나인 협심증 환자였다. 아무에게도 협심증이 있다는 것을 말하지 않았지만 대개의 사람들은 그가 어떻게 사는지도 별로 궁금해하지 않았다. 그는 자주 자신의 심장을 만져보았다.

이것은 실제 팡의 삶의 조건을 이루는 목록들이 아니다. 팡은 얼마 전까지 국시원 그러니까 한국보건의료인 국가시험원 알바생이었다. 쉽게 말해 의사가 되기 위해선 반드시 거쳐야 하는 의사 고시의 일부, 즉 예비 의사들의 실기 시험 상대가 되어주는 일을 한 것이다. 한마디로 가짜 환자 역할이다. 이 알바는 어떤 아르바이트보다 시급이 높고 일단 시작하면 몇 년까지 지속적으로 할 수 있는 일이라서 일명 뚬바(고직종 아르바이트를 잘 찾아내는 사람들)들에겐 상당한 매물로 취급받는다.

이 일을 자신의 천직으로 여기는 사람들도 있다. 원직업이 연극배우도 있고 성악가도 있기에 전 세계 어느 매장에 가서도 일을 구할 수 있는 맥도널드 아르바이트처럼 쉽게 취급되긴 싫다는 것이다. 뽑는 수가 워낙 적고(매년 초에 한 번만 정식 절차를 통해 뽑는다), 대부분 유경험자에게 기회가 돌아가기에 물어오기가 녹록지 않다. 하지만 팡은 꽉 물었다. 단기 직종에는 나름 산전수전 다 겪은 자부심이 그에게 한턱 쏘았는지 한 번의 오디션만으로 통과했다.

몇 가지 까다로운 입문 절차 같은 것이 필요한데 첫째 자신이 어떤 환자가 될지 선택할 수 없다. 나이도 이름도 주어질 병(학명)의 상태도 선택 불능이다. 면접을 통해 파악된 포괄적인 데이터에 근거해 저쪽에서 필요한 샘플에 맞추는 것이다. 일테면 경상도 사투리, 큰 콧구멍, 30대 중반 중소기업 간부, 협심증이 필요하면 거기에 적합한 '샘플'이 뽑히는 식이다. 주어진 시나리오(한 의학적 병인 상태에 해당하는 다양한 임상데이터)의 항목들을 완전히 숙지하고 묻는 것에 정확하게 대답해야 하기 때문이다. 일테면 "치질 때문에 요즘 많이 괴로우시죠?"라고 물었는데 진짜 경험에 해당하는 답인 "네"로 해버리거나 "가슴이 많이 시리고 외롭습니다"라고 답하면 나가리다. 반대로 "언제부터 조루증이 시작되었죠?"라고 물어도 "저는 심장이 벌렁벌렁하다고요"라고 해야 한다. 연기 수업을 받는 기분도 들지만 1년 내내 같은 연기를 해내야

하는 지루함도 있다.

물론 가끔 어리바리한 학생 의사가 예상 질문과 다른 것을 물어올 때도 있다.

'저기요 지금 그렇게 물으면 당신 위험한데?'라고 말해줄 수도 없다. 그런 경우 학생은 바깥의 카메라에 의해 감점 처리된다. 예비 의사들은 앞에 있는 사람이 진짜 환자라고 믿으니까.

예비 의사도 가짜 환자도 떨어지면 추후 생계가 막막해지니 필사의 각오가 필요하다. 팡은 수많은 예비 의사 앞에서 '씨팔! 우린 결코 다시 만나서는 안 되는 관계를 잘 맺어야 합니다'라고 다짐한다. 뭐 나중에 병상에서 진짜 환자와 의사로 만날 수는 있겠지만, 그때 서로의 상태가 어떨지는 두고 봐야 할 테니까. 팡은 1년 동안 두 종류의 사람으로 살았다. 내년엔 아예 스파이 알바를 찾아볼 생각도 있다. 하지만 영문도 모른 채 가슴이 아픈 스파이라면 거절할 생각이다.

나는야 가터벨트 찬 달력 모델

핑∘

핑은 얼마 전 그토록 꿈꿔오던 뮤지컬 무대에 섰다. 무대를 꿈꾼 지 10여 년 만이었다. 핑은 열여덟이 되자 자신의 숨겨진 끼를 발견했다. 수업 시간에 몰래 바나나 우유를 먹은 탓인지, 또래보다 목 하나는 더 자랐고, 거울 앞에서 교복 치마를 허벅지까지 올린 채 윙크를 날리는 모습은 자신이 보아도 남달랐다. 모델에 대한 꿈이 생기기 시작했다.

핑은 어느 날 자취하는 친구 방에서 밥숟가락으로 아이스크림을 퍼 먹으며 다큐멘터리에 등장해 늘씬한 목선을 뽐내며 열매를 따 먹는 기린의 행렬을 보았다.

"이제부터 날 기린이라고 불러줘. 내 예명이니까."

밥숟가락을 쪽쪽 빨던 주근깨 친구가 말했다.

"맹수를 늘 조심해라."

핑은 주위의 반대에도 불구하고 얼마 후 학교를 그만두었다. 자퇴서를 학교에 제출하던 날, 담임은 교문까지 바래다주며 한마디를 던졌다.

"선생님들이 네 수학 성적 때문에 종아리를
때릴 때마다 다리에 상처가 생기느니 차라리 뺨을
맞겠다던 네 앙다문 다짐을 꼭 지켜가라."

수차례 오디션을 보고 나서야 핑은 세상이 녹록지 않고 모델을 하기엔 자신의 경험이 부족하다는 것을 느끼기 시작했다. 이를테면 변명 같은 거.

핑은 술 없이 못 사는 편부에게 툭하면 얻어맞았고, 세상은 툭하면 그녀의 다리를 먼저 만져보고 배역을 결정하겠다는 비즈니스를 시도했다. 하지만 핑은 기린처럼 잘 도망 다녔다. 물론 먹이가 없어 덤불 속에 숨어 뜬눈으로 보낸 날도 많았다. 어느 날 새벽 월세방 공용화장실에서 똥을 누는데, 늙은 집주인 맹수가 밖에서 침을 흘리며 문을 덜컹거릴 때는 문고리를 잡고 운 적도 있다.

핑은 다시 카레이서 모델에 도전했다. 학원비 대신, 거리의 폼 나는 차를 포즈 연습 상대로 삼았다. 남의 차 범퍼에 올라탄 핑을 보면 차 주인들은 어이없어하거나 차에 태워주겠다고 했다. 핑은 심야의 폐차장을 찾았다. 오징어 한 마리와 소주 두 병으로 폐차장 경비와 합의하고 갈무리했다. 핑은 욕망이 사라진 폐기된 차에 올라타서 그들을 밤새도록 문질러주었다.

카레이싱 모델 오디션 선발이 있은 지 몇 달 후, 핑은 겨울의 어느 해변에 누워 위풍당당 수영복을 입은 채 7월의 달력 모델 주인공이 되어 있었다. 핑은 티팬티와 가터벨트 스타킹을 번갈아 착용하며 1월부터 12월까지 등장했다. 핑은 삼류 사진가와 야한 달력 제작자 사장과 함께 전국 곳곳의 은밀한 장소를 찾아다니며 촬영했다. 밤마다 여관방의 리허설을 감당해야 했던 악몽에 대해서 핑은 달력 속의 묘한 비웃음으로 대신했다.

수많은 퇴폐 이발소 벽에 걸려 있는 핑은 웃음 속에 이를 악무는 자신만의 표정을 개발했다. 야생을 뛰어다니던 기린은 늘씬한 다리가 아니라 그 기묘한 표정의 포트폴리오로 뮤지컬 오디션에 합격했다. 대본에 적힌 그녀의 배역은 가터벨트를 입은 채 슬프게 노래 부르며 웃고 있는 '희생당한 한 마리 양'이었다.

"열심히 살고 싶었는데
열심히 산다는 것이 무엇인지
알아야 열심히 살 수 있을
것 같았다. 하지만 그건 어떤
아르바이트도 어떤 정치인도
어떤 선생님도 가르쳐주지
않았다."

-

그라피티 아티스트

19.4

배우자나 미혼 자녀가 타 지역(해외 포함)에 살고 있는
분거가족의 가구 비율. 19.4%. (2016년 기준)

벽을 찾는 윌°

월은 그라피티 아티스트다. 그라피티는 벽이나 화면에 그림을 그리는 것을 말한다. 도구를 이용해 긁거나 파기도 하고 각종 스프레이 페인트를 이용해 그림을 그린다. 월은 거리의 벽, 경기장, 테니스장, 지하철 전동차 등 단속을 피해 가리지 않고 그리곤 했다. 멍멍탕집 개집에 그림을 그렸다가 구치소에도 들락거렸다. 가끔 월은 다른 나라의 파출소가 어떻게 생겼을지 궁금할 때가 있다.

그라피티는 벽을 보면 뭔가 남기고 싶어지던 인류가 선사시대부터 발전시켜온 낙서 연대기라고 봐도 무방하다. 2차 대전 이후 전쟁에 넌덜머리가 난 사람들이 세상의 벽에 대고 낙서를 하기 시작하면서 표현법이 진화했다고 한다.

월의 일과는 이렇게 시작한다. 아침에 일어나서 고양이 밥과 물을 주고 약속이 있으면 약속을 지키려 하고 낮엔 수첩에 저장해둔 공간으로 탐색을 간다.

월의 수첩엔 전 세계의 끝내주는 벽의 위치들이 가득하다. 그중엔 베를린장벽 같은 명소도 있고, 아무도 알아주지 않는 뒷골목과 거리도 많다. 언젠간 그곳에 가서 마음껏 봄빙

(Bombing)을 해보고 싶다.

윌은 원 플러스 원 삼각김밥 할인 기간이 끝나지 않은 편의점을 찾아 자리를 잡고 앉은 다음 자신의 벽을 떠올리며 밤까지 기다린다. 머릿속으로 스케치를 점검해보고 작업 방식을 계획한다. 날씨가 영하로 떨어지는 추운 날엔 망치나 스프레이를 잡은 손끝이 부서져 떨어져나갈 것 같다. 재료비도 스스로 충당해야 한다. 예술을 해주는데 인건비 한 푼 안 주는 도시가 야박하다. 벌레 한 마리가 전력을 다해 벽을 기어오르고 있다. 조그마한 틈이라도 찾기 위해, 격렬하고 강렬한 에너지를 담기 위해 필사적으로 벽에 매달린 그를 보고 사람들은 벌레라고 부른다. 인파가 사라지고 단속하는 시선이 완전히 제거되면 윌은 스나이퍼처럼 벽에 다가간다. 스냅백을 눌러쓰고 가방에서 도구를 꺼낸다. 언제나 그랬듯이 벽은 차갑고 거칠다.

윌은 오늘의 블록버스터를 마무리하고 방으로 돌아온다. 자기 전에 고양이 똥을 치우고 샤워를 한다. 라면을 먹다가도 내일 아침 사람들이 자신의 에너지를 어떻게 볼지 생각하면 미소가 지어진다. 실시간 검색어에 오를 생각 따위는 없다. 관심을 받기 위해서라면 높은 벽에서 떨어지는 편이 낫다. 잠들기 전 자신의 벽 앞에서 캄캄했던 과거는 이제 끝났다.

윌은 어릴 적부터 공용화장실의 낙서에 호기심이 많았다. 누군가 화장실 벽에 남겨둔 에너지는 박진감 넘치고 애처로워 보였다.

'사람들은 왜 화장실만 오면 애인을 구하고 싶을까?'

몇 년 후 윌은 우연히 어릴 적에 집을 나간 아버지를 지방 버스 터미널에서 목격했다. 겨드랑이에 털이 나기 시작한 윌을 아버지가 알아보지 못한 것은 당연했다. 윌은 아버지를 미행했다. 윌의 아버지는 절뚝거리며 화장실로 들어가서 한참 후에야 나왔다. 손에 매직펜을 들고 히죽이듯 웃고 계셨다.

윌은 더 이상 아버지를 따라가지 않았다. 아랫배가 너무 아팠고 아버지처럼 볼일을 먼저 보고 나서야 주변을 둘러보는 습관이 있었다. 윌은 아버지가 사용하던 변기로 가서 엉덩이를 까고 앉았다. 아버지가 데워둔 온기가 아직 남아 있었다. 하지만 볼일을 보고 물을 내리는 걸 까먹던 습관은 여전했다. 윌은 까닭 없이 눈물이 핑 났다.

"고작 남겨준 게 이번에도 자기 냄새뿐이군!"

고개를 들고 윌은 화장실 벽을 보았다.

아들을 본 것 같다. 돈 좀 달라 할까?

아버지의 필체였다.

10년 후, 윌은 열아홉번째 이력서를 내고 면접을 본 후에 같은 버스 터미널 화장실에 앉아 누군가 스텐실을 해놓은 걸 더듬고 있었다. 윌은 다시 한번 눈물이 핑 돌았다.

틈만 나면 살고 싶다.

윌은 열심히 살고 싶었는데 열심히 산다는 것이 무엇인지 알아야 열심히 살 수 있을 것 같았다. 하지만 그건 어떤 아르바이트도 어떤 정치인도 어떤 선생님도 가르쳐주지 않았다.

다른 작업에 비해 그라피티는 속도와 용기가 필요하다. 인생은 거창한 거짓말을 하기 위해 서로의 벽 앞에서 조금씩 애써주어야 하는 것이라고 윌은 생각한다.

WILL

언젠가 통일이 되면 평양의 벽에 가서 윌이 꼭 스텐실을 하고 싶은 문자다.

제로를 지키는 골키퍼

완°

완은 5부 리그 축구팀의 골키퍼다. 완은 생계를 위해 일을 하면서도 축구에 대한 열정을 포기하지 않았다. 완은 제로를 지키는 사람이다. 필드에 서서 상대의 최종 공격을 막는다. 공과 함께 골대로 빨려들어가는 건 골키퍼에겐 굴욕적인 경험이다. 그런 일이 생기면 팀의 사기에 문제가 생기고 멘탈이 붕괴될 수도 있다. 완은 자신이 골을 넣을 가능성도 없지만, 자신에게 있는 제로가 마이너스가 되는 일도 (골키퍼가 퇴장당하는 경우를 제외한다면) 불가능하다는 것을 알고 있다. 심판을 제외하면 그 사실을 아는 이는 드물다. 5부 리그에선 가끔 감독이 골키퍼에게도 공격을 주문할 때가 있다.

"감독이 또 미친 짓을 시키는군."

완은 종료 휘슬이 울릴 때까지 골대 앞에 서서 제로를 지켜내려 노력한다. 득점을 하려고 달려드는 전사들 속에서 '0의 균형'을 유지하려고 상대의 슈팅을 예측하고 수비수들을 조율하고 슛이 날아오면 몸을 날려 손을 뻗고 뒹굴고 일어난다. 완의 등 넘버는 '0'이다. 5부 리그 팀들은 다들 직업전선에서 일하다가 오기 때문에 서로 골에 배가 고프다. 골을 많이 주고받는 편이다. 완의 팀도 경기마다 평균 5골을 넣고 3골을 먹는다. 어떤 날은 10 : 0 같은 야구 경기 스코어도 나온다. 승부 조작을 했다는 소리는 뉴스에 한 번도 등장하지 않는다. 한마디로 골을 내주지 않는 경기가 거의 없다. 그럼에도 불구하고 완은 제로를 지키기 위해 몸을 날린다. 완은 피치 위에서 손을 쓸 수 있는 유일한 사람이다. 하지만 그 사실을 자랑스럽게 여길 틈이 없다. 골키퍼는 그 사실을 동료들과 상대에게 인정받아야 한다. 완은 마흔 살의 노장 골키퍼다.

완은 어릴 적부터 반사 신경이 좋았다. 학창 시절엔 문어라는 별명이 있을 정도로 손놀림이 빨랐다. 책상에 날아든 파리마저 한 번에 잡아챌 정도였다. 목수인 아버지를 닮은 탓도 있다고 자부심을 가졌다. 손가락이 여섯 개뿐인 아버지는 완에게 목수를 권하지 않았다.

> "해가 갈수록 하나씩 손가락이 잘려나가는 이 일보단 손을 쓰는 다른 일을 찾아봐라."

아버지가 처음 사준 골키퍼 장갑은 아직도 완에겐 귀하다. 완은 그 장갑을 끼고 수비수들이 벗겨지고 최종 수비수가 뚫릴 때 특유의 판단력과 순발력으로 주변의 탄성을 자아내는 멋진 선방을 해내곤 했다. 아버지는 멀리서 엄지를 척 세우곤 했다. 하지만 완에겐 치명적인 약점이 하나 있었다. 발기술이 손에 비해 그렇게 좋지 못한 것이다. 게다가 발이 몹시 느렸다. 거의 발을 쓰지 않고 지금까지 잘 버텨왔지만 최근 들어 쉽게 굴러온 공에도 헛발질을 했다.

"공이 너무 작아 보였다고."

•

완은 어깨를 들썩이며 아무 일도 아니라는 듯 미소를 지었지만 5부 리그라고 해도 비웃음은 비슷하다. 은퇴를 한 아버지는 빈 관중석에서 엄지를 주머니에 넣고 계셨다. 시대는 변했고, 점점 필드플레이어 못지않게 발기술이 좋은 골키퍼를 찾는 요구가 강해지자 완도 점점 주전에서 밀릴지도 모른다는 위협감을 느끼게 되었다. 결국 몇 번의 빌드업 실패와 헛발질 후에 완은 손도 빠르고 발기술도 좋은 젊은 골키퍼들에 밀려 벤치 신세가 되는 날이 많아졌다. 완은 이제 손으로 제로를 지키는 것 이상의 요구를 받아들이거나 제로를 지키는 자신의 자리를 타인에게 내주어야 하는 기로에 서게 되었다. 완이 제일 좋아하는 책은 페터 한트케의

《페널티킥 앞에 선 골키퍼의 불안》이었다. 아버지와 둘이 사는 완은 불안감 때문에 수면제를 복용해야 할 지경에 놓였다.

"요즘도 벤치만 달구니?"
"엉덩이 아래 손을 넣고 경기를 구경하는 날이
더 많아요."
"더 늦기 전에 목공 일을 배워보는 게 어떻겠니?"
"구단과 승부차기를 할 때가 온 것 같아요…."

벤치를 지키는 일이 많아지자 완은 점점 은퇴를 고려하기 시작했다. 1부 리그 팀의 감독님이나 선수 들과 상의를 하고 싶었지만 번호를 아는 사람이 한 명도 없었다. 팀을 위해서나 자신의 명예를 위해서나 자리에서 물러나주는 일이 옳다는 생각이 들었다. 완은 어느덧 덥수룩하게 불러온 아랫배를 만져보았다. 5부 리그 골키퍼에게 식스팩은 거의 없다. 사회로 따지면 아직 젊은 나이지만 피치 위에선 한물간 나이다. 완은 감독님을 찾아갔다.

"감독님. 그동안 팀의 제로를 지키기 위해 애써온

것을 생각해서 은퇴 경기를 하고 싶습니다."

"연봉도 제로인 5부 리그 선수가 무슨 은퇴 경기야! 장갑이나 벗어두고 가. 비품도 모자란 판국이니."

"목욕탕에서 동료들 등을 한 번씩만 밀어주고 깨끗이 끝내겠습니다."

그렇게 완은 골키퍼 장갑을 벗었다. 완은 15년 동안 5부 리그 아마추어 축구팀에서 골키퍼로 있었으며 그의 직업은 목욕관리사 즉, 목욕탕 때밀이였다. 완은 이따금 동료들이 훈련을 끝내고 목욕탕을 찾아오면 등을 밀어주곤 했다.

헬리콥터 조종사
늘°

늘은 중국에서 헬리콥터 조종사로 일한다. 민간 헬리콥터 조종사 구하기가 쉽지 않은 중국에서 스카우트 제안이 와서 헬기에 짐을 싸서 간 지 몇 년째가 되어간다. 늘이 하는 일은 헬리콥터를 타고 농약을 뿌리는 일이다. 아침을 먹고 일어나 헬리콥터에 올라탄 후 엄청나게 넓은 평야로 날아가 해가 질 때까지 들과 산에 농약을 뿌려주고 퇴근한다.

"우리나라엔 당신처럼 헬기로 농약을 뿌려줄 만한 조종사가 거의 없습니다."

"중국처럼 큰 나라에 왜 헬기 조종사가 없죠?"

"사람이 남아돌아서 웬만하면 사람 손으로 뿌리라는 정책 때문이죠."

"시대가 어느 때인데 농약을 사람이 직접 뿌립니까?"

"조종사 선생님은 월남에서 벌컨포나 미사일을 베트남 산지 적재적소에 뿌리고 다녔다는 게 사실입니까?"

"레전드는 맞습니다. 헬기와 함께 떨어졌으면 여기 없겠죠."

늘은 월남에 파병돼 엉겁결에 헬리콥터 조종을 배웠다.

"헬리콥터가 땅으로 떨어지면 헬리콥터보다
조종사 구하기가 더 어려웠어."
"그럼 어떻게 조종간을 잡으신 거죠?"
"난 경운기와 포클레인 자격증이 있었는데 그걸
입대 지원서에 써넣었거든. 중대장이 기계를
다루는 놈들 중에 골랐나 봐. 조종간이 비슷하다고
배워보라고 했지. 3개월 훈련받고 날아올랐지."

"넌 내일이면 날아오른다."
"전 아직 멀었습니다."
"날아올라야 한다. 명령이다. 불복하겠다는 건가?"
"정비도 배우지 못했고 몇 번 떠본 게 전부입니다.
저로 인해 아군이 위험에 처할 수도 있습니다."
"밀림이 두려운가? 하늘이 두려운가?"
"저 자신이 두렵습니다."
"여기서 두려움 없이 살아가는 사람은 한 사람도
없다. 프로펠러를 열심히 닦아두어라, 병사!"

늘은 병사들을 작전지역에 내려주고 다시 데려오는 수송기를 맡았다. 미사일이나 포격은 한 번도 해본 적이 없었다.

월남에서 돌아와 늘은 꽤 오랫동안 후유증을 앓았다. 머릿속에서 프로펠러 소리가 떠나질 않았다. 꼬리날개 쪽을 피격당해 계곡 아래로 추락할 뻔했던 경험도 있었다.

"하지만 아직도
헬리콥터 소리는
몇 킬로 바깥에서도
금방 알아보지.
눈을 감고 프로펠러 소리를
들으면 몇 놈이 타고 있는지도
알 수 있다고."

늘은 종종 탱크를 몰았던 같은 부대 전우와 만나곤 했다.

"그 친구에 비하면 난 행운아야. 이렇게라도 다시 헬기를 몰고 있잖아. 그 친구는 혹시나 탱크 조종법을 모두 까먹을까 봐 매일 아침 탱크 조종법 매뉴얼을 떠올리며 하루를 시작해. 얼마 전에 그 친구는 나라가 이상하게 돌아간다고 방에서 목을 맸어. 애국심이 뭔지."

늘이 헬기 조종간을 다시 잡게 된 건 전역 후 한참 시간이 흐르고 나서였다. 아이들이 생겼고 이것저것 손대는 일이 모두 실패하고 나서였다. 방송국 취재팀에서 헬기 조종사를 모집한다는 광고를 보고 응시했다. 카메라 촬영기사들을 태우고 고공 촬영을 하는 것이 일이었다. 보수도 좋았고 일도 즐거웠다. 하지만 촬영기사가 특종을 담으려다가 추락한 후 늘 역시 부주의한 조종으로 회사에서 해고 조치를 당했다.

"자꾸 더 가까이, 더 가까이를 외쳐댔어. 중대장처럼 말이지. 헬기 옆구리가 기울 때 같이 미끄러져 기울었나 봐."

늘은 촬영기사의 장례식장에도 가지 못했다고 했다.

"포클레인이나 몰았으면 옆으로 기울어 떨어져도 끄떡없었을 텐데…."

늘은 손 떨림 때문에 다시는 헬기 조종간을 잡을 수 없을 것 같았다. 늘은 예전처럼 포클레인을 몰았다. 일이 거칠고 위험하다는 개발 산간 지역을 주로 다녔다. 굳이 가지 말아야 할 산언덕까지 포클레인을 몰고 가서 이유 없이 땅을 후벼 파기도 했다. 하지만 그 일도 얼마 가지 않아 그만두었다.

"하늘에 익숙해서인지 땅에 바짝 붙어 일을 하는 게 맞지 않았다고 해두지."

늘은 일을 마치면 매일 저녁 혼자 숙소 선술집에 가서 소주를 반병쯤 마신다.

"손이 떨려 다시 할 수 없을 것 같았지만 아이들 학비를 보내려고 여기 건너왔어."

늘은 2년 동안 매일 아침 헬기를 몰고 공중으로 날아올랐다.

"농약을 뿌릴 때도 있고 물을 뿌릴 때도 있어. 아이들을 위해서라면 이제 총알도 뿌릴 수 있을 것 같아."

늘은 2년째 가족 얼굴을 보지 못했다. 늘의 자녀들은 그가 매일 중국의 하늘 한가운데서 구름을 뚫고 농약을 뿌리는 것을 상상하지 못한다.

"비행기를 타고 지 어미와 함께 미국으로 날아갔거든."

늘의 헬리콥터 이름은 '기러기 28호'다. 늘은 기러기처럼 중국으로 날아와 기러기 아빠를 하고 있다.

"난 돌아가지 못할지도 몰라. 아이들이 곧 대학에 가니까. 여기서 헬기를 타고 가다가 어느 날 벼락을 맞고 오지로 고꾸라질지도 모르지. 보험금은 상당할 테니까 그래도 다행이야."

나무를 끌어안는
환경운동가
P°

……………

P는 환경운동가다. 그는 얼마 전 스물여섯의 나이에 노벨평화상 후보에 오르기도 한 버터플라이 힐의 책을 읽고 깊게 감명받았다. 《나무 위의 여자》로 잘 알려진 버터플라이 힐은 미국의 유명한 환경운동가 중 한 사람이다.

버터플라이 힐은 55미터의 나무 위에서 무려 2년 동안이나 살았다. 삼나무가 벌목되는 것에 저항하기 위해서 그녀가 선택한 수단은 나무에 올라가 사는 것이었다. 나무 위에서 밥 먹고, 오줌 누고, 코도 파고, 기타도 치고, 노래도 부르며 살았다고 한다. 캠프를 꾸린 것이다. 738일간 나무 위에서 살며 느끼던 비바람, 폭풍우, 공포감, 평온 등을 그녀는 생생하게 책에 기록했다. 벌목 회사 직원들은 나무 아래서 그녀를 협박했다. 기다란 막대기로 나무를 들쑤시며 공갈을 하기도 했고, 확성기로 이제 그만 내려와서 협상을 하자고 달래기도 했다. 그녀는 한사코 흘러가는 구름만 바라보았다. 바닥이 아득해도 그녀는 나무 아래로 내려가지 않았다. P는 그녀의 그런 용기에 고무되어 최근에 자신도 지금까지와는 다른 방식의 환경운동을 하나 시작했다.

P는 아침마다 재개발되어가는 언덕의 산지에 올라가 나무

를 끌어안는다. 버터플라이 힐이 나무에 올라탔다면 P는 나무를 꼭 끌어안는 방법을 택했다. 이게 무슨 해괴망측한 발상이냐고 물으시겠다면 조금 더 이야기를 들어봐야 한다.

P는 포클레인이 일을 시작할 시간 즈음, 그들이 자신을 볼 수 있을 만한 곳에 위치한 나무 하나를 꼭 끌어안는다. 매일 재개발사업 인부들이 근무를 마칠 때까지 나무를 끌어안고만 있다. 처음엔 봐주는 이 하나 없었다. 하지만 점점 풍문이 돌았다. 고소공포증이 있는 P는 나무에 올라타는 것보다 이 방법이 더 호소력 있게 메시지를 전달하리라고 판단했다. P는 나무 위에서 사는 것보다 매일 나무를 꽉 안고 버티는 자신의 응고체에 만족한 듯했다. 한번은 포클레인 기사가 자신을 유령처럼 대하며 옆으로 와 바지를 내리고 노상방뇨를 하고 간 적도 있었다.

사실 이 방법도 완전히 P의 것이라고 하기엔 좀 무리가 있다. 몇 년 전 우연히 한 잡지에서 일본의 한 평범한 남자가 몇 년간 매일 아침 나무를 끌어안은 채 벌목을 반대하는 기사를 접한 것이 번뜩 생각난 것이다. 차이가 있다면 P는 신도시를 건설한다는 목적으로 헐리고 있는 재개발 지역의 안타까움을 겨냥하기 위해 나무 하나를 선택한 것이다. 재개발 지역의 사람들을 선동해서 함께 건물을 끌어안고 있자고 제안하는 것은 너무 무모해 보였고, 그렇다고 허락도 없이 남의 건물에 마냥 붙어 있을 수는 없었으니까.

하지만 P는 이 운동을 얼마 못 가 포기하고 말았다. 사람들이 흉하다고 그만두라고 자꾸 재촉했기 때문이다.

> "심정은 이해하겠소만, 거, 모냥이 너무 안 나는 거 같지 않소? 낯선 사람이 와서 나무에 똥파리처럼 붙어 있으니 아이들도 심란해하는 것 같고, 나무도 당신이 가고 나면 꽤 답답해하는 표정 같기도 하고…."

P는 자신이 하는 일이 나무에게 미안한 일인지는 확신이 서지 않았지만, 주민들의 심기를 불편하게 만드는 것은 분명하다고 판단했다.

"아무리 문을 두드려도
인기척이 없었다.
그것이 세상이었는지,
자신이 품은 질문이었는지."

-

우편집배원

1,379,066

65세 이상의 독거노인 숫자. 137만 9066명.
(2015년 기준)

불가능은 없는 우편집배원 혈°

얼마 전 절도로 복역을 마치고 출소한 헐은 최근 우체국 집배원이 되어 열심히 골목길을 외우는 중이다. 번지수를 기억해두기 위해 고충이 심하다. 이러다가 머리가 나빠지는 것 아닌가 싶기도 하고 이런 건 직관에 의존했던 과거 버릇(?)을 버리느라 고생이지만 이번만큼은 열심이다. 아직 비정규직 상시 위탁 집배원에 불과하지만, 청소년 시절 폭주족 경험을 살려 오토뱅으로 구진 길, 구린 지역 안 가리고 대무 사역에 해당하는 우체국 택배 아르바이트를 몇 개월 성실히 잘 해냈고, 몇 년 잘 버티면 위풍당당 국민 통신의 혈액에 해당하는 중추 기간 사업인 우체국 집배원이 될 수 있다는 꿈으로 부풀어 있다. 물론 우정사업본부에서 자신을 고용할 때 과거 내력이 담긴 수형인 명부(전과부)를 들추어보지 않는다는 기적이 일어나야 하겠지만. 징역 3년 이하는 5년간만 기록을 보관한다는 법령을 믿어본다.

일과 후 다음 날 배달할 업무량을 살피다 보면 헐은 자신이 지금 미래를 지나치게 낙관하여 착오로 살고 있다고 하더라도 남들이 말하는 평균치 삶의 근삿값에 다가가고 있구나 하는 기분이 든다. 비가 오나 눈이 오나 헐은 비장한 마음으로 그날의 우편물을 받아 든다. 직업상 날씨가 궂은 날을 선택해야만 했던 과거사에 비추어볼 때 요즘은 가능한 좋은 날씨에 휘파람 불면서 일하고 싶어 하는 자신이 좀 어색하기도 하다.

하지만 그런 건 상관없다. 복역 중이던 감옥에선 바깥소식이 너무 궁금했고, 복역 후 밖에선 소식을 나르는 일이 이토록 살맛 난다. 과거에는 '이곳을 털까? 저곳을 털까?'를 고민했다면 요즘엔 '이곳을 오늘 배달할까, 내일 갈까?'가 고민이다. 그러니까 헐의 직업 강령은 '정확한 물건을 신속하게 가지고 나와야 한다'에서 '한 집으로 정확히 물건을 배달해야 한다'로 바뀌었다.

물론 그때나 지금이나 그의 정체를 알아보는 사람은 별로 없다. 바뀐 게 있다면 친근감 있게 맞아주는 사람이 몇 생겼다는 것 정도다. 우편물을 기다리고 있었다며 요구르트를 내주는 독거노인을 만났을 때는 자신을 기다리는 누군가가 이 세상에 존재한다는 사실이 쑥스러워서 목격자를 만나 대질당했을 때처럼, 얼굴이 경직되기도 했다.

몇 달 후 방에 공벌레처럼 누워 있는 그 노인의 주검을 발견했을 때 헐은 그 집 마당에 있던 고추장 장독 단지 옆에 쭈그려 앉아 오열했다. 달동네 언덕길까지 올라오는 자신이 유일한 소식이었을 거라는 생각에 목이 메었기 때문이다.

'집주인은 이래서 가능한 한 마주치지 않는 게 좋은 거야.'

아무리 문을 두드려도 인기척이 없었다. 그것이 세상이었는지, 자신이 품은 질문이었는지 헐은 아직도 잘 모른다. 복역 후 처음으로 헐은 남의 집 담을 넘어 그 노파를 발견했다.

집배원이 되면 사람들의 말 못 할 곡진한 사연이 담긴 편지나 엽서 들을 배달할 거라고 생각했지만 이젠 공과금 고지서가 대부분이다. 그래도 몇 년 후 있을 기능직 9급 공무원 채용 담당 우정사업본부의 '우정'이라는 단어에 신뢰가 간다. 지난 과정이야 어찌 되었건 우린 '소식'으로 꽁꽁 맺어진 우정 아닌가.

소리 채집가
욜°

욜은 소리를 채집한다. 업계에서는 붐맨이라고 불린다. 포털 사이트적으로 설명하면 마이크 붐을 조절하는 음향 기술자다. 드라마나 영화, 라디오에 필요한 소리를 채집해두었다가 라이브러리하고 그것들을 필요로 하는 적재적소에 살포해주는 일을 한다. 일이 없을 때는 솜털이 보송보송하게 난 커다란 마이크 하나 달랑 메고 전국을 떠돈다. 소리 수집가로 살아가는 거다.

욜은 수십 년의 경험으로 사람들이 드문 자연으로 깊이 들어갈수록 소리가 깊어진다는 사실을 알아갔다. 녹음실에서 동시녹음사와 땀을 삐질거리며 일할 때보다 자연에 있을 때 뼈에 피가 돌고 살이 살아 있음을 느낀다. 일당 몇만 원에 채집한 소리를 넘기는 이동과는 전혀 다른 차원의 경험이다. 욜은 그것을 소리로 몸을 바꾸는 것이라고 믿는 사람이다. 그동안 써온 욜의 일기는 기상천외 이동기다. 몇 개 열거하면 이렇다.

> 천둥 속에서 새 날아가는 거 따라가다
> 새가 가끔 똥을 질질 흘렸다.
> 사공 노 젓는 소리 따라가다 저녁엔

모닥불로 들어간다.
콧등에 앉은 나비가 콧구멍으로 머리를 쑤셔 박았다.
바람 따라가다 길 잃다.

욜은 해녀의 숨비 소리와 꼴 베는 소리를 녹음했고, 동승이 죽은 엄마를 생각하며 중얼대는 꽃염불 소리를 녹음했다.

욜은 소리가 지나갈 때 그들을 절대 훼방 놓지 않는다는 원칙이 있다. 욜은 소리의 질이 아니라 소리의 길을 채집한다고 믿는다. 요즘 말로 '소울'을 중요하게 생각한다. 소리가 태어나는 산통기를 목격할 때면 눈을 감은 채 러시아 민담을 떠올린다.

'생각이란 벼룩 새끼들 같아서 헤아릴 수가 없구나.'

그럴 때 욜에게 인간은 폭력을 분비하는 생물에 불과하다. 물론 귀한 소리가 인간에게도 존재한다는 것을 안다. 가령, 울음소리나 기도 소리. 젊었을 적 어느 달밤엔 생짜 무당의 굿 소리가 아닌 잠꼬대를 몰래 녹음하려다가 다듬잇방망이에 맞고 줄행랑친 적도 있다. 물론 무당의 잠꼬대는 잘 따왔다.

좋은 소리가 산란한다는 풍문엔 물불 안 가리고 배낭을 싸는 욜이지만 최근엔 일거리가 없어 방구들 내려앉기 일보 직전이다. 누워서 모은 소리를 사포질하거나 포샵질하며 소일한다. 작곡가와 다른 게 있다면 소리를 사랑해주는 연인이 없다는 거 정도다. 얼마 전엔 지방청 취업알선부에 일거리 신청을 했다.

"거, 바람 소리 하나 삽시다. 우리 의원님 체험 삶의 현장, 목소리 후광으로 바람 소리 잔뜩 들어가게. 오지에서 고생하시는 필링으로. 자클하게. 가능?"

테크노가 발달한 탓에 발로 뛰며 소리를 수집하는 사람은 생꼬를 부린다고 안 좋아하는 생태계가 야속하다. 그래도 욜은 땡깡부리며 살고 싶다. 이 직업은 멸종해가지만 세상천지에 있는 소리는 아직 살아 움직이니까. 욜은 관심 많던 철새 다큐멘터리 쪽으로 방향을 선회할까 한다. 선거철 철새 정치인들의 이 당, 저 당 옮기며 구린내 풍기는 소리나 잔뜩 녹음해두는 것도 시절의 좋은 소리가 될 수 있지 않을까.

등로주의자
탈◦

탈은 에베레스트의 고봉을 오른 몇 안 되는 산악 등반인 중 하나다. 사람들은 그의 무모한 산행과 도전을 높이 평가했다. 탈은 어린 시절부터 친구들과 뒷산과 야산의 구릉을 오르며 멀리 지평선을 바라보곤 했다. 청년기엔 입시보다 등반가가 되어야겠다는 꿈을 품었고 마음속에선 늘 에베레스트의 원정대를 이끈 존 헌트 경을 떠올리곤 했다. 그리고 20년 후 에베레스트 정상에서 내려오자마자 탈은 유명해졌다. 에이전트 회사의 직원 하나가 탈에게 제안을 해온 것이다.

"산을 정복하고 나면 기분이 어떠세요?"
"정복이라는 단어는 산악인들의 정서에는 맞지 않아요. 군사정권의 용어이기도 하고요. 등정이라고 해야 옳습니다."
"선생님, 가족을 두고 다시는 산에 오르지 않아도 되는 길이 있습니다."
"산에 오르면 자아를 찾아가며 모든 것을 만날 수 있습니다."
"이제 나이도 있으니 사람들에게 꿈과 희망을 심어주는 일을 하며 살아보면 어떨까요?"
"훈련이 안 된 실버 원정대 같은 것을 꾸려달라는

제안은 거절하겠습니다."
"정상이 정상에게 노하우를 전하는 일입니다.
수입이 꽤 좋습니다."

탈은 정부와 기업 CEO들을 상대로 고액의 수입이 보장되는 특강을 제안받았다.

"정상에 오르고 싶은 사람들에게요?"
"네, 정상에 오른 선생님의 경험과 노하우를
전해주시면 됩니다."

에이전트는 끊임없이 전국 방방곡곡으로 강의를 연결했다. 정부와 기업, 방송사와 연예인 들을 상대로 시작한 강의가 몇 년 후엔 초·중·고등학교로 퍼졌고, 수녀원과 재활원, 소년원, 군부대까지 이어졌다. 사투를 벌이며 최고봉에 오른 자에게 듣는 '정상과 극복'이라는 테마는 어려운 시절의 사람들을 상대로 벌이기 좋은 사업 테마였다.

"IMF와 FTA를 거친 분위기 때문에 강한 종만이
살아남는다는 최적자 생존 법칙이 우리 사회를

지배하고 있습니다. 당분간 선생님의 강의는 먹이사슬의 최고 윗자리에 있을 겁니다."

TV에 몇 차례 나간 후론 '정상 노하우 전담 힐링 학원'을 동업하자는 제안도 들어왔다. 통장엔 에베레스트에서 하루아침에 불어나던 폭설처럼 돈이 불었다. 탈의 강연 제목은 주로 '정상을 향한 끊임없는 도전'이거나 '그곳에 정상이 있으므로 오늘도 나는 오른다' 같은 것이었다. 연단에 올라 결기에 가득 찬 표정으로 정상에 오를 때의 감격과 최고봉에 오르기 위한 자신과의 싸움 등을 들려주면 청중들은 입을 벌리고 감탄을 하거나 눈시울을 적시곤 했다.

무한경쟁 시대에 탈의 정상을 향한 도전기는 하늘을 찌를 듯이 인기가 치솟았다. 광고도 들어왔고 월세와 전세를 전전하던 시절은 지나갔고 가족의 훌륭한 보금자리도 생겼다. 아이들도 탈을 자랑스러워했다.

"우리 아빠 이 세상에 최고 높은 곳에 가본 사람이야."

그런데 탈은 주변인들에게 점점 욕을 먹기 시작했다. 더 이상 산에 오르지 않았기 때문이다.

> "탈은 변했어. 정상회담에만 정신이 팔려 다시는 산에 오르지 못할 거야."

탈은 점점 고독해졌다. 눈 덮인 산 위에 혼자 있을 때 아무도 옆에 없지만 외로움으로 가슴이 충만해지던 시절이 그리웠다. 눈 속에 파묻혀 자다가 입안에 가득한 얼음 알갱이를 뱉어내며 아침 햇살을 받던 그의 눈빛은 이제 컴컴해졌다.

> "눈이나 산에선 숨어 있기 좋았는데… 이제 난 숨을 곳이 없어져버렸어."

탈은 한국마술협회 사람들에게 특강을 한 후 근처 포장마차에 들어갔다.

> "잘은 모르지만 마술의 영역에도 장비나 빙벽 기술처럼 테크닉보다 더 중요한 게 있습니다. 넘어서야 할 고산일수록 모험과 불확실성이 더 매력으로 우리를 이끌 듯이요."

탈은 소주를 마시며 생각했다. 단독 등반과 무산소 지역을 통과하며 등정에 목적을 두지 않고 어려움을 극복해가는 과정 자체를 사랑하던 등로주의자였던 자신을 떠올려보았다.

다음 날, 탈은 집 근처 북한산을 올랐다. 남들이 얼굴을 알아볼까 봐 두건과 마스크를 착용했다.

'생존과 사투를 벌이다 보니 여기까지 와버렸구나.'

탈은 산을 오르며 생각했다.

키스방을 찾는 중장비 기사

탱°

탱은 서른아홉의 포클레인 중장비 기사다. 사타구니에 거뭇이 무성하게 자랄 만큼 연식이 찬 나이임에도 이성을 만날 기회조차 거의 없었던 탱은 요즈음 뒤늦은 홍역을 치르고 있다. 밤마다 키스방에 드나들고 있기 때문이다. 우연히 자신의 포클레인 범퍼 와이퍼에 낀 전단 한 장을 본 게 화근이었다. 탱의 포클레인 삽날은 점점 무뎌지기 시작했다. 동료들은 그가 밤마다 어디서 무슨 짓을 하고 오는지 알 수 없었다. 다만 양쪽 두 볼이 날이 갈수록 눈에 띄게 푹 파여간다는 것 정도.

"어라? 정말 키스만 하고 가는 거예요?"

"물론입니다. 룸으로 들어가시면 동그란 구멍이 뚫린 판이 보이는데 두 남녀가 그 구멍으로 입술과 얼굴만 내밀고 이야기할 수 있거든요."

"어떻게 키스를 가르쳐준다는 건가요?"

"대화를 나누며 키스하는 방법에 대해서 조언을 들으시는 거죠."

"키스는 안 해주나요?"

"네, 다른 곳은 어떤지 모르겠고 여기선 방법에 대해서 조언만 해주고 이야기를 나누는 겁니다."

탱은 두 평도 안 되는 밀폐된 공간에 앉아 키스에 대해 조언을 듣는 즐거움에 빠져버렸다. 물론 지금은 유사 성행위로 키스방 전체가 불법화되었지만 탱이 키스방을 드나드는 무렵엔 합법이었다는 사실도 기억해두어야 한다. 그러니까 탱은 외로움 때문에 성매매를 하러 찾아간 것이 아니라 키스를 합법적으로 배울 수 있다는 정보를 믿고 찾아간 것이다.

서른아홉의 탱은 키스방에서 처음으로 키스하는 방법을 배웠다. 탱은 근무를 마치면 키스방으로 달려갔다. 소프트한 버드 키스부터, 햄버거 키스, 크로스 키스, 레드크로스 키스에서 점점 하드한 에어 키스, 딥 키스, 인사이드 액트롤 키스, 프렌치 키스, 폰 키스까지, 중장비 기술을 처음 익힐 때처럼 자신의 묵직한 혀를 자유롭게 들어 올렸다가 여기저기 휘두르는 법에 대해서 들었다. 캔디 키스나 슬라이딩 키스에 대해서도 들었다.

"슬라이딩은 상대의 혀에 보드를 타듯이 혀를 미끌리게 태우고 속도를 달리는 고급 기술이에요."

"저에게도 그런 민첩성이 있을까요?"

"그럼요. 노력하면 다 할 수 있어요."

탱은 언젠간 키스를 할 수 있다는 마음에 행복했다. 탱은 키스를 상상할 때마다 혀가 쫄깃쫄깃해졌다. 물론 여종업원은 탱이 수위를 넘어서는 곤란한 질문을 하면 진정시키는 것을 잊지 않는다. 그들은 교육을 제대로 받은 프로니까. 탱은 얼른 정신 차린다.

탱은 혀가 뽑힐 듯이 키스에 대해 떠들고 묻고 돌아와 방에서 펑펑 눈물을 흘린 적도 있다. 드디어 내일이면 키스의 본좌! 침이 가득 고인 채 깨무는 키스인 '워터 키스'에 대해 들을 수 있기 때문이었다. 탱은 언젠가 사랑하는 이를 만나서 키스를 하게 된다면 혀가 하나도 남아나지 않더라도 끝내 사각지대까지 가볼 마음이다.

탱은 언젠간 키스를 진짜 할 수 있을 것 같았다. 하지만 키스방은 곧 불법 업소처럼 변질하여가기 시작했다. 키스를 직접 상대해주거나 유사 성행위를 제공해주는 공간으로 바뀌고 있다는 소식이 들려왔다. 키스를 하기 위해 청소년들이 몰려가게 되는 이유도 컸다.

'항상 시끄러운 어린놈들이 문제라고!'

탱은 잠든 홀어머니 옆에 누워 자신에게 남은 돈이 얼마나 되는지 계산해보았다. 사이트를 통해 키스방 가맹점을 모집한다는 정보를 본 것이다. '써보지도 못한 중장비들을 팔아버리고 직접 건강한 키스방을 운영해볼까?' 하는 생각이 들었다.

"애정도 없이 포옹만 해준다는 신종 허그(hug)방은
왠지 사기 같아. 이 사회처럼 말이야."

"천국이라는 게 좀
허망한 구석이 있잖아.
진짜 천국엔 안 가봐서
잘 모르겠지만."

-

택시 기사

13,513

자살에 의한 사망자 수. 1만 3513명.
(2015년 기준)

심폐소생술 권하는
령 ○

령은 얼마 전 타투 전문가를 찾아갔다. 령은 그동안 폐지를 주워 모은 돈을 내놓았다. 앞가슴에 DNR(Do Not Resuscitate)이라는 글씨를 새겨달라고 주문했다. 령은 전 세계에 이 가슴 문신을 한 노인이 많다는 것을 얼마 전 양로원에서 알았다. DNR은 의학 용어로 심폐소생술을 거부한다는 뜻이다.

그녀는 오랫동안 심장판막 수술 후유증으로 고생했다. 령은 갑작스러운 심정지가 찾아올 때마다 병원에서 응급 심폐소생술로 자신을 살려온 것을 이젠 거부하기 위한 로고를 가슴에 표기하고 싶은 것이다. 령은 멀리 사는 자식들에게 또 소식이 날아들어 짐이 되는 게 싫었다. 보호자들 입장에서도 막막한 병원비와 수술비는 부담이었다. 심장이 멈추면 의사들은 령의 의지와 상관없이 심장을 살려놓았다. 눈을 뜨면 자식들이 안쓰럽고 불편한 눈으로 자신을 바라보고 있었다. 령은 다시 심장이 정지되어 쓰러진다면 의료법에 의거한 무의미한 연명 치료는 그만하고 싶었다.

령은 문신을 가슴에 파 넣고 집으로 돌아왔다. 웬만하면 이제 밖으로 나가지 않을 생각이었다. 방에서 혼자 조용히 눈을 감고 싶었다. 언제 심장이 정지할지 모른다는 두려움과

공포 속에 사느니 아무도 모르게 방구석에서 지내다가 죽어서 썩다 발견되어 화장되는 편이 나았다.

령은 매일 밤 곱게 화장을 하고 잔다. 매번 마지막 화장일지 모르기 때문에 예쁘고 곱게 하고 싶었다. 령은 방의 벽을 보고 돌아누워 화장이 흘러내리지 않도록 눈물을 흘렸다.

40년 전 남편이 산으로 가서 사라진 후 령은 그리움으로 평생을 살았다. 남편은 산악인이었다. 남편은 산에 미쳐 있었다. 갓난아기인 둘째 딸을 등에 업은 채 히말라야로 떠나는 남편을 본 것이 마지막이었다.

> "여길 만져보세요. 당신과 내가 만든 아기의
> 심장이에요."

남편은 꼭 돌아온다는 말을 남겼지만 몇 달 후 산사태로 소식이 끊겼다. 령은 두 딸을 키우며 혼자 살았다. 아빠를 그리워하는 딸들에게 령은 말해주었다.

> "그래도 네 심장 속엔 아빠의 숨이 섞여 있단다.

우리가 나누어주었잖니….”

사춘기가 지나자 딸들은 그런 말로 더 이상 자신들의 심장은 뛰지 않는다고 했다. 령은 두 딸을 키우며 열심히 살았다.

아이들이 자라 결혼할 즈음이 되자 령의 심장은 망가지기 시작했다. 령의 머리에 언제 흰 눈이 내려앉기 시작했는지 머리칼이 흰 폭설처럼 하얗게 변했다. 결혼한 딸들이 가끔 찾아와 령의 가여운 손을 잡아주었지만 령은 짐이 되기 싫었다. 령은 혼자 집을 나와 살았다.

열심히 삶을 속여도 늙는 건 못 막았다. 밤이면 발이 차가워졌다. 밤이면 별이 차가워졌다. 눈물이 차가워졌다. 령은 이불 속에 누워 삶이 가여워서 웃어주었다. 다시 아침이 오면 살아서 웃음이 날 것이다.

령의 주검은 방에서 발견되었다. 사인은 심장마비였다. 마지막 화장은 곱고 단정했다. 마른 쇄골은 빗물이 가득 고일 만큼 파여 있었다. 의사는 오열하는 가족에게 사람이 만들어질 때 심장이 가장 먼저 만들어지는 것이니 심장이 자연스럽게 멈추어 죽는 것은 가장 인간다운 자연사라고 말해주었다.

> "보통 심장마비는 자신의 심장이 희미하게 뛰는 것을 마지막까지 느끼며 갑니다…. 행운이죠."

딸들은 령을 화장하고 돌아와 유품을 정리했다. 얼마 후 히말라야에서 아버지를 발견했다는 편지를 한 통 받았다. 딸들은 주저앉아 멍했다. 얼음 속에서 아버지의 시신을 찾았다는 소식이었다. 40년 전, 령과의 약속을 지키려고 떠날 때 그 모습으로 돌아온 아버지의 사진을 보며 딸들은 심장이 아파서 멈출 뻔했다.

택시론 드라이버
K°

K는 얼마 전 택시를 타고 가다가 심야에 변을 당한 적이 있다. 목적지에 도착해 K는 남은 잔돈 몇백 원을 기사님께 주고는 "그냥 두십시오!" 하고 말하며 내렸다. 가까운 거리를 태워준 은공에 대한 조공 비슷한 행위였는데 자신이 생각해도 그날 하루 한 일 중 참 근사한 행동이라 소심한 K로선 속으로 으쓱할 만한 것이었다. 횡단보도를 건너려던 K는 문득 등 뒤에서 운전석 창문이 드르륵 내려지는 소리를 들었다. 뒤통수로 동전들이 운석처럼 날아왔다.

"야 이 조만 × ××야! 내가 거지야? 갖고 꺼져!"

K는 황망하고 어이가 없었다.

"아자씨. 지금 제 뒷머리가 동전하고 상봉한 거 맞아요? 이런 개가 잠꼬대하는 상황을 봤나?! 너 내려!"

멱살을 잡고 한밤의 도로에서 둘은 엎치락뒤치락했다. 그사이 경찰이 왔고 택시 기사의 사과를 받아내긴 했지만, K는 그날 잠들 때까지 화가 치밀었다. 무시당했다고 여기는 택시 기사의 억울함과 후줄근한 재킷에 코가 떡 벌어진 운동화를 신고 다니는 속칭 '없어 뵈는' 젊은 녀석이라 이젠 좋은 일을 해도 하대를 당하는 건가 하는 K의 억울함이 만나니 어떻게 화해를 할 수 있을까?

K는 꿀꿀했다. 사실 K는 버는 돈에 비해 직업상 택시를 자주 애용하는 시민이다. 때문에 노트 몇 권을 채워도 남을 분량의 이야기가 줄줄 흐른다고 술자리마다 주접을 떨어왔다. 오해에서 비롯된 어이없는 이야기가 대부분이지만 듣다 보면 수긍이 가는 부분도 꽤 있다.

K의 택시론은 대충 이렇다. 첫째, 택시는 운수업이다. 여기서 운수는 말 그대로 행운이 좋아야 한다는 것이다. 목적지를 모른 채 손님을 받아야 하는 기사에게도 그렇고, 인생 굴곡사가 어떤지 짐작이 안 가는 기사를 마주하는 손님에게도 운수업.

택시업은 1980년대 호황을 누렸지만 88올림픽을 전후로 지금은 내리막이다. 버스업이 다양한 혜택에 준공무원 대접을 받는 반면, 서울에만 8만여 대의 택시가 있다(도대체 할증이 다가 오는 무렵엔 어디에 다들 숨은 건지?).

내리막을 치는 경기 탓으로 죽을 맛이어서 택시 기사들의 표현에 의하면 인생 몇 바퀴 돌다가 운전대 잡는 사람이 대부분이라는 것이다. 때문에 어쩌다 어색한 대화를 시도했다가 그들의 사회 분노에 희생제물이 되어 줄곧 혼나는 경우가 태반이라고 한다. 인생사를 굴비처럼 엮어 토해내는 경우는 흔하고, 토를 달면 십중팔구 설득하려 든다는 것이다. 가끔 논리에 뒤지면 한쪽에 차를 세우기도 한다.

"너 돈 안 받을 테니 내려!"

이런 식으로 말이다. 믿기 고약해도 과거엔 종일 틀어놓는 라디오 덕택에 잡상식이라도 이것저것 챙겨서 아는 척이라도 제법 할 수 있었지만, 이제 시민들은 인터넷 덕으로 택시 기사보다 더 많은 가십을 챙기고 있다. 심지어 이젠 맛집 정보도 택시 기사들이 손님에게 물어보는 형국이다. 게다가 길이 막히면 바로 스마트폰으로 교통량을 합리적으로 살핀 후 눈을 치켜뜨니 이해할 만하다. 물론 택시 기사를 자기 아랫사람 다루듯이 하는 겁 없는 녀석들의 호기와 세태 분위기를 고려할 때 택시 기사들의 운수업에 대한 심정도 백분 이해한다.

둘째, K는 요즘 택시 기사들이 천국에 대한 불신이 가장 심하다고 한다.

> "식사 때마다 모두 만만한 천국으로 몰려가는 거지, 거 김밥천국 말이여. 가보면 거기도 너무 값에 비해 허해. 하긴 천국이라는 게 원래 좀 허망한 구석이 있잖아. 진짜 천국엔 안 가봐서 잘 모르겠지만."

응급의학도 궁°

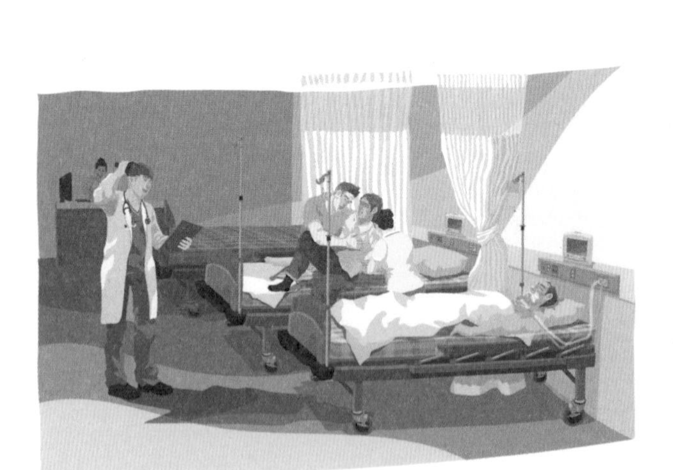

응급의학도 궁은 응급실 의사다. 응급실에서 발생하는 모든 상황에 대비한다.

응급실은 24시간 365일 쉬지 않는다. 응급실에서 일하면 거의 그 근처 큰 사건과 사고, 범죄 같은 일을 경험한다. 응급실 의사는 죽음과 가장 가까이 있는 직업 중 하나이며 응급실은 인간의 가장 나약한 날것의 상태를 목격하는 장소이다.

남들에겐 넉넉한 1분이 궁에겐 생사를 넘나드는 시간이 되기도 한다. 응급실에서 궁은 인간이 몸속으로 집어넣을 수 있는 모든 물질을 경험한다. 어떤 것을 먹고 오더라도 치료할 수 있어야 하는 것이 이물학과 중독학의 기본이다.

락스, 페인트, 휘발유, 엔진오일을 먹고 온 사람들도 있고 자살을 하려고 담배 한 갑을 냄비에 끓여 우려낸 물을 먹고 온 여고생도 있다. 수은체온계를 깨서 마시고 온 사람도 있고, 김 속에 든 방습제(실리카겔)를 모아서 먹고 온 이도 있고, 집에서 키우던 아마존산 관목잎을 따 먹고 사경을 헤매다가 온 사람도 있다. 눈, 코, 귀, 입부터 똥구멍까지 설명하기 곤란한 것을 집어넣고 살려달라며 온 사람도 많다.

하지만 응급실에선 설명하기 곤란한 것들을 넣고 온 사람들에게 설명을 요구할 틈이 없다. 일단 살리고 봐야 하기 때문이다. 대부분의 경우 살고 싶어 달려왔지 의사에게 변명하려고 온 사람은 드물다.

궁은 대학에서 중독학이나 고산병, 잠수병 같은 환경의학을 배우며 인간이 불편할 수 있는 모든 것에 질문을 던지곤 했다. 궁은 의대에 진학하기보다는 글 쓰는 사람이 되고 싶었다. 하지만 의대에 원서를 냈고 술을 마시고 놀다 보니 어느 날 해부용 시체가 눈앞에 있었다. 정신 차리고 보니 전문의가 된 것이다.

궁은 그동안 응급실에서 목격하고 느껴가며 장편소설 몇 권 분량의 이야기를 경험했다. 언젠간 체호프나 루쉰처럼 '생명에 중독된 인간'에 대해 써내는 작가가 되리라고 믿는다.

슬럼프가 올 때도 있었지만, 궁은 끊임없이 자신이 닿았던 생존 환경을 기록하며 글로 바느질을 한다. 책상에 앉아 의학 기구가 아닌 키보드를 두드리며, 궁은 살과 지방과 비곗덩어리 속에 숨겨진 인간의 나약함과 뻔뻔함과 수치심과 숭고에 대해 쓴다. 응급실로 찾아오는 취객은 대부분 비이성, 비논리, 비인간성, 비존엄성이 뒤범벅된 채 온다. 반경 몇 킬로미터 내에서 그날 가장 취한 사람들만 모아놓은 곳이 응급실이라면, 궁이 글을 쓰는 공간 역시 또 다른 응급실이다. 글쓰기란 모두가 다 취했어도 자신은 취하지 않은 채 언어의 심폐소생을 하는 작업이다. 심지어 이미 죽은 부분에도 혼자서 묵묵히 심폐소생을 해야 하는 것이 글 쓰는 작업이라는 것을 궁은 알고 있다.

궁의 실존은 타인의 생존에서 비롯된다. 바꾸어 말하면 궁의 기록은 가장 뜨거운 생존에서 가장 차가운 실존을 끌어내는 일이다. 지금까지 궁이 사망을 선고한 사람은 몇백 명이 넘는다.

사람을 살리다 보면 어느 시점에서 포기해야 하나 더 해봐야 하나 하는 기로에 서게 된다. 궁이 사망을 선고하면 그 말이 끝나자마자 유가족이 울기 시작한다. 궁이 1분 늦게 선고하면 1분 늦게 운다. 죽은 사람을 두고 그 시간을 정하는 것이 궁의 일이다. 생각이 복잡하다.

궁은 사망의 시점을 정하고 다른 이의 유서를 보는 이 직업이, 이 직업의 권리가 무엇인지 가끔 몽롱하다. 초반엔 사망 선고를 하고 감정에 복받쳐서 몰래 울다 오기도 했다.

하지만 지금은 아비규환의 몸으로 온 환자 앞에서도 많이 냉정해졌다. 죽음과 삶에 대해 담담해졌다기보다는 피와 상처 앞에서 차가워진 것이다. 생명을 살리고 사람을 돌보는 일은 먼저 어떤 인간이라도 존재로서 받아들이는 일이라는 것을 알아가며 궁은 오늘도 골방 구석에서 자신의 기록들에 혈청을 남긴다.

여명의 쾡°

쾡은 얼마 전에 종합검진을 받으러 갔다가 여명을 선고받았다. 췌장암 말기 확진이었다. 앞이 캄캄했다. 복부에 암이 살림을 차린 지 꽤 되었다고 했다. 쾡은 믿을 수가 없었다. 헬스로 꾸준히 몸 관리를 잘했고 엉덩이도 아직 탱탱하고 승모근도 오목했다. 비타민, 강장제, 아로나민, 프로폴리스, 건강보조제도 빠지지 않고 챙겨 먹었다.

쾡은 화가 나서 의사의 멱살을 잡았다.

"보통 가족에겐 숨기는 게 정상입니다."

의사의 말을 따라 일단 자식들에겐 숨겼다. 의사는 일단 쾡의 몸에 자리 잡으려고 여기까지 온 암세포의 노고를 인정해주자고 했다. 고통을 줄이고 싶다면 좀 비싸지만 새로 개발된 항암제를 사용할 수도 있다고 간호원이 어깨를 두드려주었다.

쾡은 믿을 수 없다고 중얼거렸다. 급기야 짜증이 섞인 목소리로 간호원이 말했다.

"여자 말 좀 들으세요!"

"나보고 여자 말을 믿으라고?"

쾡은 여자 말을 믿지 않는다. 쾡이 믿은 여자는 엄마와 내비게이션뿐이다. 엄마는 쾡이 다섯 살 때 돌아가셨고, 내비게이션은 오십에 뜯어서 버렸다. 두 여자 모두 쾡이 자주 길을 잃게 만들었다. 쾡은 병원을 나와 놀이터에 앉아 아이스크림이 녹을 때까지 들고서 우두커니 저녁이 오는 것을 바라보았다. 쾡은 중얼거렸다.

"달콤하다. 이렇게 쥐고만 있어도 녹아버리는 게 인생이구나."

쾡은 자신이 다녔던 초등학교 쪽으로 걸었다. 쾡의 최종 학력은 '여름 성경 학교'다.

쾡은 가난한 집안에서 태어나 자수성가했다. 신대방 일대에 단란주점을 두 곳 가지고 있다. 쾡은 노력파였다. 완전히 세상에서 자리 잡았다. 암세포도 노력파였다. 완전히 쾡의 몸에 자리를 잡았다.

쾡이 집에 돌아왔을 때 자식들은 거실에 앉아 독거노인을 다루는 뉴스를 보고 있었다.

"몰래 죽어서 저렇게 썩어 있으면 누가 치우나?"

쾡은 자신의 피가 자식들에게 말라붙어 있을까 봐 겁이 난다. 작년부터 자식 놈들이 모이기만 하면 유산을 N분의 1로 나누자며 옥신각신하다가 난투극까지 벌이곤 했다.

쾡은 자식들 앞에서 여명을 알렸다. 병원에서 고통받느니 소박하게 집에서 마무리하고 싶다고 했다. 큰놈은 이 집은 어떻게 할 거냐고 묻는다. 며느리는 장례는 대학 병원에서 해야 말이 안 나온다고 예약 날짜를 알아본다. 막내아들은 쾡이 운영하는 단란주점에서 엄마, 아빠도 몰라보는 비싼 술만 먹고 들어온다. 환율도 변하는데 자식 놈들은 시간이 흘러도 도무지 변하지 않는다.

쾡은 방으로 돌아와 짐을 챙겼다. 쾡은 양로원에 들어갔다. 밤이 오면 벽을 보고 돌아누워 울음을 삼켰다. 아침이 오면 웃음만 나온다.

쾡은 삶이 가여워서 자주 웃어준다. 삶을 속여서 여기까지 온 것일까? 자주 묻게 된다.

쾡은 양로원에서 죽기는 싫었다. 베게에 살 썩는 냄새만 피우다가 가는 것이 두려웠다. 돌아누워 자다가 어느 날 저승사자가 깨우면 따라가려니 자존심도 상했다.

> '사람들은 내 입가에 흘러내린 침도 닦아주지 않고 영안실로 데려가겠지.'

쾡은 모텔로 갔다. 죽으러 간 것이다. 여기라면 좋은 여행이 될 것이라고 생각했다. 아무도 모르게 해치우고 싶었다. 외롭지만 아무도 모르게. 잘 선택한 것 같다고 여겼다. 연탄을 피운다. 연기가 꽉 찬다. 입가가 따갑다. 숨쉬기가 곤란하다. 가슴이 답답하다. 일단, 창문 좀 열자. 하마터면 죽을 뻔했다.

> "늙으면 비겁해질 뿐이구나."

웃음이 픽 나왔다. 죽음은 딱 한 번 오지만 거짓말은 안 하는 법이다. 쾡은 너무 쓸쓸해 모텔로 죽으러 왔지만 죽는 게 더 쓸쓸해서 돌아가게 될 줄은 몰랐다. 쾡은 눈물이 흘렀다.

"이게 다라면 우스워."

쾡은 모텔 밖을 나오며 암도 몸의 일부니 잘 데리고 살다가 가야겠다고 생각했다. 몇 달 후 자식들은 엄마 산소 옆에서 쾡의 주검을 발견했다. 쾡은 아내 곁에서 미소를 지었다.

"여보, 우리 사이좋게 살았으니 사이좋게 죽자.
이봐, 이제 날 좀 마중 나와줘…."

"맞습니다. 시를 알면
세상이 다 글썽거리는
것투성입니다.
시를 포기하지 마세요."

-

전파사 주인

1,020,000

개인 '금융채무 불이행자(신용불량자)'로 등록된 인원.
102만 명. (2016년 기준)

전파사 예비 시인
탕○

....

탕은 요즘 글쓰기 학원에 다닌다. 시를 배우기 위해서다. 탕은 아내가 잠든 밤 조용히 혼자 일어난다. 밥상을 펴고 앉아 시를 써보기 위해 끙끙거린다. 반듯하게 깎은 연필심을 종이에 꾹꾹 눌러가며 시심을 담은 단어를 고른다. 벽으로 돌아누워 잠든 아내의 숨소리가 부드럽다.

"아내의 저 부드러운 숨소리를 단어에 옮겨 심을 수만
있다면 좋은 시가 될 텐데…."

강사는 자신에게 가장 가깝고 소중한 것들부터 시로 써보라고 권했다. 육십이 넘은 나이에 시를 배운다는 것이 탕에게 쉬운 일은 아니다. 글쓰기를 따로 배워본 적도 없고 비유니 수사니 하는 것들을 의식하며 단어나 문장에 사용해본 적이 없기 때문이다.

"강사 선생님, 마음에 있는 것을 어떻게
다 말할 수 있겠소?"
"맞습니다. 시는 설명하기 곤란한 것들을,
설명하고 싶지 않은 것들을 써보는 겁니다."

탕에게도 그런 것들이 많긴 하다. 탕은 젊은 날 택시 기사를 하다가 교통사고로 절름발이가 되었다. 심야에 외곽으로 나가는 손님을 태워주고 돌아오는 길이었다. 라디오에서 들려오는 노래에 젖어 있다가 빗길에 사고가 난 것이다. 목숨은 건졌지만, 논두렁으로 튕겨나간 한쪽 무릎 아래는 찾을 수가 없었다.

"깨어나보니 다리 하나가 사라져 있었어요…."
"선생님, 정말 그때 날짐승이 무릎 아랫부분을
물고 갔다고 믿으세요…?"
"그만합시다. 더는 설명하고 싶지 않아요."

교통사고 이후 탕은 퇴직금을 모아 30년이 넘도록 동네에서 아내와 함께 전파사를 운영해왔다. 반쪽은 철물점이고 반쪽은 전파사다. 아내는 철물점을 주로 맡았고 탕은 전파사를 맡았다. 욕심 없이 지내니 그럭저럭 반평생을 살았다. 전구와 형광등을 팔아 자식들을 대학까지 보냈고 전파사에 딸린 작은 방 한 칸에서 동네 라디오들을 수리해주며 지금까지 살고 있다.

동네 상권이 죽어나가며 많은 전파사가 사라졌지만 그래도 아직 반쪽짜리 철물점은 유지하고 있다. 탕은 사람들의 고장 난 라디오를 수리해주는 일이 즐거웠다.

"당신은 라디오와 참 인연이 많은 사람 같아요…."

비가 오는 날이면 탕은 처마 아래서 아내와 함께 수리를 마친 라디오의 채널을 맞추어놓고 커피를 마시곤 했다. 택시를 몰 때도 라디오 채널을 모두 기억하고 있었는데, 전파사를 운영하면서도 하루 종일 라디오를 들었다. 비가 오는 날엔 라디오의 잡음이 더 싱싱하다.

탕이 시를 쓰고 싶다고 생각한 것도 라디오에서 들려오는 시를 들으면서부터다. 심야의 채널에서 아나운서가 시를 몇 편씩 매주 읽어주던 걸 귀담아들으면서 마음이 글썽거리기 시작했다.

"강사 선생님, 시가 제 마음을 다른 곳으로
옮겨주더라고요."

"맞습니다. 시를 알면 세상이 다 글썽거리는 것
투성입니다. 시를 포기하지 마세요."

탕은 주변의 만류에도 전파사를 닫지 않고 있다. 전파사 구석에 앉아 라디오를 수리하고 라디오 채널을 맞추면 세상과 소통되곤 했다. 탕은 시가 잘 늘지 않고 눈이 침침해질 때마다 라디오처럼 시도 잡음을 먼저 사랑하기로 하는 일이라고 생각했다.

탕은 얼마 전부터 아내에게 시를 한 편 바치고 싶었다. 자신의 남은 무릎을 평생 만져준 이는 아내가 유일하다. 아내의 맑았던 무릎도 잡음이 심해졌다. 탕은 세상을 단념하고 싶을 때마다 아내의 무릎에 누워 다시 용기를 내던 순간들을 기억하곤 했다. 무릎 하나는 자신을 떠났지만 한 여자의 무릎에 평생 누울 수 있었던 자신이 행운아라고 생각한다.

"당신이 제게 프러포즈를 한 날 선물해준 그 오래된
트랜지스터라디오 기억해요?"
"기억하지. 언젠간 사연과 함께 근사한 시 한 편을
써서 당신에게 꼭 바치고 싶다고 했지."

"그 DJ 양반은 벌써 이 세상 사람이 아니네요."
"허허, 그 양반 벌써 DJ를 그만두었나? 섭섭하게."

탕은 다 설명할 수 없는 것을 쓰는 것이 시라는 게 참 좋다고 생각한다.

대출 상담사
융

융은 대출 상담 회사에서 전화받는 일을 한다. 하루에도 수백 명씩 은행 문턱을 못 넘는 사람들이 융이 근무하는 제2금융사에 전화를 걸어온다. 제2금융은 빚을 빚으로 바꾸어 주는 곳이다.

"사람들은 제2금융은 믿을 게 못 된다고 말하지만
그건 모르는 소리예요. 하루 200만 명이 우리 덕에
목숨을 건지는 걸요."

융은 왕성한 실적으로 우수 사원이 되어 회사 사보에 인터뷰를 했다. 그리고 이를 본 대표의 눈에 잘 들어 얼마 전엔 회사 상품의 광고 모델이 되는 영광을 누리기도 했다. 융은 촬영에 들어가자 CM송을 불렀다.

"급전 필요할 땐 러시 앤드 프레시! 가족도 외면할
땐 러시 앤드 프레시! 신용은 절망. 대출만 희망.
사람은 불신. 이자는 확신. 우리만 맹신.
갈 곳이 없으면 찾아줘. 전화 한 통이면 해결돼.
당신은 정말 소중해요~."
"추신. (빠른 목소리로) 계약은 만기 후 바뀔 수 있으며 환급 전 한강에 뛰어들면 장기를 떼어갑니다."

융은 대출계 업자들 사이에서 금방 명성을 얻었다. 그리고 얼마 전 선을 본 남자 앞에서 당당하게 이렇게 말하기도 했다.

"사람들은 자신들의 실패한 삶을 잘 못 믿어요. 희망은 항상 무료니까요. 언제든 다시 일어날 수 있다고 자신을 속일 수 있잖아요."

융은 자신이 사람들에게 하고 있는 대출 상담에 대해 쉴 새 없이 떠들었다. 융이 선을 본 상대는 오십이 넘은 대머리 노총각이었는데 침을 흘리며 융의 말에 고개를 끄덕이곤 했다.

"저도 제2금융 대출로 고비를 넘기고 지금은 동네에서 작은 부동산을 합니다. 저희 둘이 함께 살면서 머리를 맞대면 세상을 구할 수 있습니다. 박융자 씨! 저랑 계약하시죠!"

"지금 저에게 프러포즈하시는 거예요? 가족 계획이 어떻게 되나요?"

"둘 정도 생각하고 있어요."

"신용 등급이 몇 등급이죠?"

"아직은 좀 낮지만 전 건강해요. 장기도 멀쩡해요."

"정말이에요? 오십 넘으면 장기는 무용지물이거든요."

"사실 대학 때 학자금 이자 때문에 사채를 썼다가
신장 하나를 내주었어요. 하지만 전 신장이
두 개까진 필요 없어요. 간도 내 몸에 비해 너무 커요.
융자 씨랑 살면서 어려우면 얼마든지 전 헌신할 수
있어요. 이 눈동자도 아직 상하진 않았어요.
어려울 때 안구 하나 내다 팔아도 끄떡없어요. 이제
한 눈으로 세상 보는 법도 충분히 익혔어요."

"내일 회사 끝나고 함께 안과에 가봐요.
가봐야겠어요. 오늘 밤을 넘기기 전에 전화를
드려야 할 고객이 있어서요."

"아니 이 밤늦은 시각에 고객에게요…?"

"네, 이 시간 정도면 원금도 못 갚고 자살을 생각하는
사람들이 있어서요."

사실 융이 하는 일의 대부분의 전화는 대출 상담이라기보다는 이자 독촉이나 원금 상환 독촉 전화가 태반이다.

"사람들은 말하곤 해요. 죽기 전에 모두 갚겠다고.
하지만 모르는 소리. 하루 200만 명이 우리를 피해
어디론가 숨어요."
"맞아요, 융자 씨. 사람들은 자신이 쓸모없다는 걸
잘 못 믿어요. 저도 그랬으니까요. 모두들 자기
신용이 최고라고 생각하죠."

융의 월급은 원금도 못 갚고 자살하려는 사람들을 막아야 보장된다. 매일 오전 융은 대출을 이용한 고객에게 전화를 걸어 이자와 완납이 가능한지 경제 상태를 확인하고 매일 밤엔 다시 심리 상태를 체크해야 한다. 절망에 빠져 헤매다가 이름도 나이도 몰라보던 사람들이 금방 돌변하기 때문이다. 일찌감치 가망이 없어 보이는 사람들에겐 과감하게 장기로 보증하라는 서류를 권하는 편이 낫다. 한강이나 옥상에서 뛰어내리면 장기도 못 건지기 때문이다. 그런 날엔 대표에게 사무실 구석에서 수도 없이 따귀를 맞고 치마 속으로 들어오는 두꺼비 같은 손을 물리칠 수 없다. 융은 여상을 졸업하고 건설 회사에서 몇 년간 경리를 하다가 부장의 꼬임 탓에 회삿돈을 함께 횡령하고 달아났다가 공범으로 붙잡혔다. 부장은 감방 신세를 지게 되었고 융이 정신을 차

렸을 땐 상상할 수 없는 빚이 쌓여 있었다. 융은 빚을 갚기 위해 대출 회사의 용역이 되었다. 조금씩 갚아간다면 빛이 보일 거라고 여겼기 때문이다. 융도 몇 번이고 다시 처음으로 돌아갈 수 있다고 자신을 속여보았다.

융은 고객에게 매일 빚이 빛으로 바뀔 거라고 강조한다.

실종남 컬°

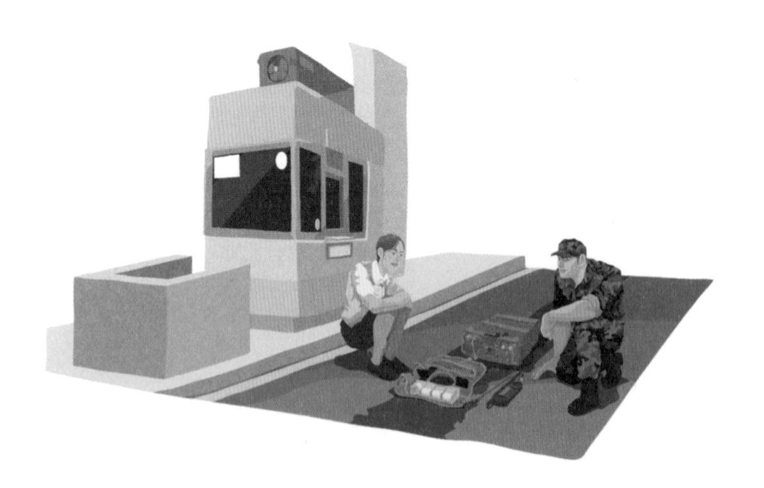

컬은 몇 개월 전 또 실종되었다. 설거지를 하다가 고무장갑을 사러 나간다고 한 후 돌아오지 않았다. 그의 아내가 그의 소식을 다시 들은 것은 3개월 후였다. 그의 아내는 늘 그래왔듯이 한 달 정도 그를 집에서 기다리다가 경찰에 실종 신고를 했다. 컬은 하얼빈 흑룡강대학에서 어학연수 중인 것으로 확인되었다. 컬의 아내는 설거지를 하던 중 담담하게 그 소식을 전해 들었다.

"그래도 남편분의 생존을 확인했으니 다행입니다."

컬의 이 무규칙 이종 실종 습관은 꽤 긴 역사를 갖는다. 그의 모친의 증언에 의하면 초등학교 시절부터였다고 한다. 롤러스케이트를 사주었더니 바퀴를 굴려 나간 후 이틀 동안 집에 돌아오지 않았다고 한다. 그는 무려 200킬로미터 바깥의 교외 국도의 농가에서 롤러스케이트를 신고 잠든 채 발견되었다. 컬의 아버지는 잠들어 있는 어린 컬의 롤러스케이트를 벗기지 않고 집까지 데려와 이불 속에 눕혔다.

"롤러스케이트 벗기지 말고 놔둬. 집 나간 벌로
일주일간 롤러스케이트를 신은 채 학교에 보내고

재우도록 해."

마흔 살이 될 때까지 컬은 가끔 그 작은 롤러스케이트를 가방에 챙겨서 사라지곤 했다. 컬은 이후로도 수십 번 실종 신고 대상이 되었다. 수학여행 때도 혼자 실종되어 다른 도시에서 발견되었고, 입시를 며칠 앞두고서는 어느 절의 마루 밑에서 발견되었다. 아무리 물어도 컬은 이유를 말하지 않았다. 가족이 보기에 컬의 실종은 습관성 어깨 탈구처럼 보였다. 다만 그의 누이동생의 증언은 주목할 만하다.

"오빠는 집에서도 길을 잃었어요. 고등학교 때 오빠는 집에 있으면서도 집에 가고 싶다고 내게 중얼거린 적도 있어요."

그의 아내를 처음 만난 것도 실종 사건 전후와 관련 있다. 그는 전방에서 무전병으로 복역했다. 하루 종일 병기창에 앉아 고장 난 무전기를 수리했다. 무전병은 가족들이 그의 실종 경력에 대해 열심히 청원을 해서 얻은 보직이었다. 사령관은 사고를 예방하기 위해 내무반의 병사들에게 그를 특별히 감시하라고 지시했고 그를 종일 병기창고에 가두었다가 적당한 시기가 차면 내보내자고 했다. 모두가 노력해야 한 병사의 이탈을 막을 수 있다고 했다.

하지만 컬은 무전기를 메고 탈영했다. 컬이 발견된 건 부대를 한참 벗어난 고속도로의 톨게이트였다. 그는 바닥에 무전기를 분해해놓고 스물두 살의 여직원에게 사용법을 설명해주고 있었다. 그녀는 헌병들이 들이닥치고 나서야 그가 탈영병이었다는 사실을 알았다. 이불에 둘러싸여 몇 차례 군화에 짓밟힌 후 컬은 트럭에 태워졌다. 영문을 알 수 없는 그녀는 컬을 찾아 면회를 갔고 이후 둘은 사랑하는 사이로 발전한 것 같다.

"우리 사이엔 둘만이 나누는 이상한 암호가 있었나 봐요."

전역 후 컬은 아내를 만나는 동안만큼은 실종되지 않았다. 아내의 필사적인 노력이 없었으면 불가능한 일이었을지 모른다. 결혼 전까지 컬은 그녀와 함께 톨게이트에서 영수원으로 일했다. 늘 맞은편엔 그의 아내가 그를 바라보며 미소를 짓고 있었다.

딱히 이유를 알 수는 없었지만 컬의 머릿속에 떠오르는 몇 가지 메아리가 있긴 하다. 컬이 젖을 막 떼고 말을 할 무렵부터, 집 안엔 빚 독촉하는 사람들이 끊이지 않았다. 컬의 어머니는 모유수유를 하다가 컬이 잠들면 바닥에 내려놓고 울면서 몇 차례 집을 나가 돌아오지 않았고, 컬의 아버지는 놀이공원에서 컬에게 풍선을 손에 쥐여준 후 몇 차례 사라졌다. 저녁이 되어서야 놀이공원으로 돌아온 아버지는 눈물을 머금고 있는 컬의 손을 다시 잡고 집으로 왔다. 컬은 아버지가 자신을 잃어버릴까 봐 그 자리에서 실종되지 않기 위해 한 발자국도 움직이지 않았다.

컬의 부모들은 이제 그 옛 시절이 캄캄하다. 컬이 이 사실을 누군가에게 말한 것은 첫 번째가 무전기였고, 톨게이트 직원이었던 아내가 유일했다.

휴게소 고고
와이와 제이°

와이와 제이는 불닭구운면을 만나기 위해 논산으로 떠난 적이 있다. 와이와 제이는 횡성한우떡더덕스테이크를 면접하기 위해 횡성-강릉으로 방향을 튼 적이 있다. 와이와 제이는 해물크림소스오므라이스를 위해 지구의 위성사진을 펼쳐놓고 안성으로 차를 몬다. 와이와 제이는 청매실떡갈비를 사기 위해 새벽에 무작정 섬진강으로 달려간다. 와이와 제이는 죽기 전 시래기돌솥밥을 위해 모든 시간을 멈추어두고 옥계-강릉 방향으로 차표를 예매했다. 와이와 제이는 대전에서 통영발 고속도로 위 하남 방향 산청의 한 지점에서 약선모듬버섯덮밥을 상상하며 침을 흘린 적이 있다.

와이와 제이의 특별한 여행은 어느 날 술자리에서 의기투합하며 시작했다. 한 사람은 복합 문화 살롱 겸 인디 밴드들에게 무대를 제공하는 클럽의 주인장이었고, 다른 한 사람은 그림을 그리면서 카페를 운영하고 있다. 둘 다 홍대에서 턱수염을 은근 자랑하는 아티스트였다. 둘은 남들이 알아주건 말건 이종 문화 생산자로서 이것저것 지지고 볶고 하면서 청춘을 경영해왔다. 때론 골방에서 시도 쓰고 광장으로 나와 다음 세상에나 도착해야 이해될 수 있는 퍼포먼스도 한다. 자신들의 남루를 부끄러워하지 않는다. 그들은 늘

도착하지 않는 삶을 지향하는 것처럼 보이니까.

어느 날, 그들은 둘만의 특별한 여행 레시피를 계획한다. 한 달에 한 번, 혹은 정기적으로 고속도로 휴게소로 여행을 간다는 것이다. 내친김에 그들은 전국의 고속도로 휴게소를 모두 돌아보는 것을 목표로 꾸준히 이 여행을 진행할 생각인가 보다. 알 만한 사람들이야 다 아는 상식이지만 고속도로 휴게소 중엔 근사한 맛집이 많다는 사실이 그들의 미감을 자극했는지도 모르겠다. 여하튼 그들은 남들이 어딘가로 여행을 떠나다가 '잠시 쉬어가는 곳'으로 여행을 간다.

> "우린 휴게소로 여행을 가지…. 다음번엔 죽전
> 휴게소야. 그곳에는 백옥쌀버섯덮밥이 죽음이라고.
> 6000원, 가격도 착하지."

운이 좋다면 그들의 대화 속에서 알찬 정보를 얻을 수도 있다. 여기까지는 뭐 특이한 친구들이군, 하는 정도로 생각할지 모른다. 그런데 정말 재밌는 건 그들의 여행 방식이다. 일단 그들은 목적지를 정한다. 일테면 금강휴게소. 그리고 그들은 자신들의 오너 교통수단을 이용하지 않고 고속도로 버스를 탄다. 목적지에 도착하면 그들은 그곳에서 밥을 먹고 바리바리 싸 온 술을 먹고 풍광을 만끽한다. 그리고 휴게소에 들른 다른 버스를 얻어 탄 후 다른 장소로 이동한다. 그리고 다음 휴게소에서 내린다. 그러다 보면 하루가 간다. 매번 이런 식이다. 남들이 목적지를 정하고 떠나는 장소까지 그들은 한 번도 도착하지 않는다. 그들은 쉼표에 올라탄다. 그들은 늘 중간지대에서 하차한다. 도대체 이런 여행이 무슨 의미가 있는지 궁금해서 어느 날 내가 물었다.

"쉬었다 가는 거지 뭐…."

그들을 안 지 몇 해가 지났기에 그들이 아직도 그 여행 리그를 진행하고 있는지는 잘 모르겠다. 시장 모퉁이에서 천엽과 순대를 우적우적 씹으며 그들은 내게 이 근사한 여행 감각을 일러주었다. 그들은 자신들의 이야기에 듣는 이를 동행시키는 기막힌 재주를 가졌다.

"휴게소들은 쉼표 같은 거야. 서울 방향 신탄진 휴게소에는 도토리묵국수가 있어. 그걸 놓치면 인생의 8할은 어중간해지지. 부산 방향에 있는 칠곡 휴게소엔 닭육수토속된장라면이 있어 그건 해장용으로 딱이지. 청원생명영양돌솥밥이 알려진 청원 휴게소는 이제 너무 알려져서 줄을 서야 할 지경이야. 우린 줄 서는 건 딱 질색인데 이때는 그런 생각이 안 들어. 경부고속도로를 탔다면 부산 방향 안동 휴게소의 인삼안동간고등어매운탕도 꼭 먹어봐야 해."

"내 생각에는 말이야 1년 내내 어디서나 빈번하게 볼 수 있는 페스티벌 중에 '휴게소 맛 자랑 경연 대회'가 가장 근사한 것 같아. 경남과 부산, 울산 등의 휴게소가 배틀에 참여한다는 건 정말…. 침이 꼴딱 넘어가지 않아?"

나초 레슬러

P ○

여기엔 p가 멕시코의 나초 레슬러가 될 수밖에 없는 이유가 몇 있다. p는 한국의 지방대학에서 산업체육을 전공하고 졸업 후 기간제 교사로 한 초등학교에서 몇 년간 일했다. '돌싱'인 여교감과 눈이 맞아 계약 기간이 연장될 줄 알았지만 상황이 좋지 못했다. 여교감과 재혼을 하는 인생 전략도 실패하고 배구공이나 아이들에게 던져주고 놀게 만드는 일도 심드렁해졌다.

학교를 그만두고 p는 대학 선배의 권유로 동네 헬스클럽에서 트레이너로 일했다. 선배는 p에게 다이어트 프로그램을 만들어 동네 아주머니들을 공략하라고 지시했고, p는 선배의 지시를 따라 성실히 일하려고 했다. 하지만 곰 같은 몸의 동네 아주머니들을 여우로 변화시키는 것은 단기 알바로 해결할 수 있는 일이 아니었다.

"열심히 했는데 꼬리뼈만 깨졌잖아요? 책임지세요!"
"죄송합니다. 꼬리뼈는 나아질 수 있습니다."
"아, 몰라! 운동하는데 옆에 와서 살 빼게 해주겠다고 꼬리를 살랑살랑 칠 때부터 알아봤어. 내 꼬리뼈가 얼마나 섹시한데! 이거 어쩔 거야!"

"저는 단연코 아주머니 앞에서 꼬리를 흔든 적이 없습니다."

아주머니들의 꼬리뼈 몇 개를 망가뜨리고 p는 다시 백수가 되었다.

"헬스장 그만두어야 할 것 같다. 우리가 개발한 다이어트 응용프로그램이 불법이래. 꼬리가 길어서 잡힌 것 같다. 너도 피해라."

p는 심란한 나머지 최초의 해외여행을 결심하고 멕시코로 날아간다. 부엌칼로 돼지저금통 배를 가르며 p는 이를 앙다물었다.

"초딩 때부터 모은 거니 이 돈이면 충분하겠지."

p는 멕시코에 가서 제2의 인생을 살아보고 싶었다. 멕시코에 가서 p는 테킬라를 처음 맛보았다. 몰디브에 가서 모히토를 취할 때까지 마시기도 했고, 홍등가를 돌아다니며 반도네온 연주도 감상했다. 그러다가 p는 가진 돈을 다 탕진

했다. 그리고 어느 날 잠에서 깨어보니 얼굴이 심하게 망가져 있었다. 전날 밤 술에 취해 홍등가의 여인을 안고 거리를 돌아다닌 기억이 마지막이었다. 손에는 빈 테킬라병이 쥐여져 있었고 유리병 안에는 알아들을 수 없는 외국어로 갈겨쓴 내용의 쪽지가 있었다. p는 겨우 도움을 얻어 한국 대사관에 찾아가 쪽지에 적힌 내용을 전해 들었다.

"'당신은 날 잘못 건드렸어요'라고 적혀 있습니다."
"영사관님 전 어떻게 되는 건가요?"
"글쎄, 이 쪽지 내용 가지고 함부로 판단하기는 좀 곤란하지만 당신은 위험에 처한 것 같아요. 도대체 왜 그녈 건드린 거죠?"
"그 여자가 거리에서 먼저 저에게 꼬리를 쳤어요. 술에서 깨보니 남자여서 꼬리뼈를 걷어찼어요."
"그 사람들은 자기 여자건 자기 남자건 건드리면 누구든 꼬리뼈를 갈고리로 뽑아간다고 들었어요."
"네? 꼬리뼈를요? 갈고리요?"
"네. 여기 흑돼지처럼 두루치기해버린대요."
"저는 놈들에게 쉽게 당하지 않아요."
"저희가 곤란에 처한 고국분에게 해줄 수 있는 건

항정살 대접 한 번 정도입니다."
"항정살부터 먹고 이야기할게요."

p는 그날부터 멕시코의 뒷골목을 피해 숨어 다녔다. 언제 다가올지 모를 갈고리를 피하기 위해 꼬리뼈를 항상 주의하며 다녔다.

"태권도 할 줄 아세요?"

어느 날, 여관방으로 대사관 직원이 나타났다.

"4단입니다. 초등학교에서 1단 땄고, 군대에서 1단 더 땄고, 나머진 취업하려고 돈 주고 2단 더 얹었어요."
"그럼 상대를 제압하는 데는 문제가 없다는 거죠?"
"태권도장 차려주시게요?"
"요즘 태권도장은 트렌드가 아니에요. 주짓수 때문에 한물갔어요. 당신이 얼굴을 숨기고 상대를 제압하기만 한다면 여기서 사는 데는 큰 문제가 없어요."

그녀가 p를 데리고 간 곳은 유랑 극단이었다. 전국을 돌며 서커스와 레슬링 시합을 하며 티켓을 파는 극단이었다.

"여기선 나초 가면을 쓰고 레슬링 하는 게 인기가 많아요. 잘해봅시다. 꼬리뼈!"

p는 그렇게 해서 위험에서 벗어날 수 있었다. 자신을 알아보는 이가 드물었고 합을 미리 맞추고 하는 레슬링은 스포츠보단 쇼나 연기에 가까웠다. 맞는 것은 실제로 맞았다. 하지만 얼굴도 모르는 놈들에게 꼬리뼈를 빼앗기는 것보단 좋은 선택이었다.

p는 점점 인기가 많아졌다. 상대의 갈매기살에 드롭킥을 날리고 쓰러진 상대 무릎의 도가니를 뽑아가는 자세는 p의 전매특허였다. p는 대사관 직원에게 항정살을 대접했다.

"언제 제가 도가니 뽑아가는 거 한번 구경 오세요."
"전 잔인한 거 못 봐요. 소문에 의하면 당신 꼬리뼈가 그렇게 튼튼하다고 들었어요. 맞아도, 맞아도 끄떡없다고…."

"전 이쪽이 적성인가 봐요. 나초 레슬러로 유명해지고 싶어요. 그래서 요즘은 꼬리뼈를 튼튼하게 하려고 소를 연구해요. 소 꼬리뼈가 진짜 튼튼하잖아요. 소 꼬리뼈 곰탕집을 제가 차리면 당신과 경영하고 싶어요. 비정규직 대사관 일 그만두면 안 되나요?"

"지금 제게 프러포즈하는 건가요?"

"소가 먹을 수 있는 식물은 사람도 다 먹을 수 있대요. 전 소처럼 우직하게 꼬리뼈를 흔들며 앞으로 걸어갈 거예요."

"저 만나실 땐 그 가면 벗으시면 안 되나요?"

"그건 곤란해요. 전 나초 레슬러라…."

"그럼 그 허벅지 한번 만져봐도 되나요?"

"그럼요!"

홀씨의 나날

윤성택

새벽부터 골목 구석구석
햇살이 날렸다
허리띠를 맨 끝까지 채웠던
사내는,
뿌리처럼 툭 불거져나온
속옷을 쑤셔넣었다
틈만 나면 살고 싶었다
공사장 보도블록 사이
가는 목 하느작거리는
홀씨 하나
어쩌자고 이곳까지 온 것인지
바람이 지나칠 때마다
현기증이 일었다
백지장 같은 날들,
사내는 후들거리며
벽돌을 지고
일어서고 있었다

작가의 말

이 글은 2011년 〈한겨레〉에 〈후달리는 불량배들〉이라는 제목으로 연재를 하다가 사정상 중단되었고 다시 2015년 〈한겨레21〉에 〈분투〉라는 제목으로 연재를 이어온 원고다. 우리 주변의 보통 사람들의 이야기를 '르포 문학'이라는 형식에 담아보자는 생각으로 시작했다. 여기 실린 사람들은 모두 실존 인물이다. 그분들의 이야기를 직접 듣고 인터뷰를 가상으로 구성한 것이다. 내용은 대부분 논픽션에 해당하지만 원고를 묶는 과정에서 형식을 재구성했음을 밝혀둔다. 책 제목은 윤성택 시인의 시집 《리트머스》(문학동네, 2006) 중 시 〈홀씨의 나날〉에 실린 구절에서 가져왔다.

내가 만난 그들은 모두 틈만 나면 살고 싶은 사람들이었다.

얼마 전 뉴스를 보다가 검찰 조사를 받던 피의자가 저녁에 곰탕을 먹었다는 사실을 크게 기사로 다룬 것을 보았다. 사람들은 OOO가 곰탕 먹었다는 뉴스가 그냥 밥 먹었다는 의미가 아니라고 했다. 곰탕을 먹으면 작전 1로 가고, 자장면을 먹으면 작전 2로 진행하라는 식으로 말을 맞추었을 가능성이 크다는 것이다. 검찰 조사를 받다가 밖으로 생각을 전달할 방법으로 메뉴를 이용해온 이러한 방법론은 꽤 오래전부터 실제로 상용화되어온 시나리오라고 했다.

메뉴를 활용해서 내부 상황을 밖으로 전달할 용도로 사용한다는 것이다. 곰탕의 뜻은 제대로 전달되었을까? 메뉴를 이용해서 사람들의 내부 상황을 밖으로 전달하는 방법이 곰탕과 자장면 중 하나라면 이 원고도 그런 과정 중 하나일지 모른다고 생각했다. 보통 사람들이 틈만 나면 살기 위해 사용하는 작전 1과 작전 2의 행방은 어디로 가고 있을까? 여하튼 우리는 모두 우리보다 나은 것의 일부가 되기 위해 노력하고 있다. 우리가 찾는 것은 그것이다.

2017 응암동에서

일단 태어나면 모두 이 길을 가야 한다.
생긴 대로.

틈만 나면 살고 싶다

초판 1쇄 인쇄 2017년 4월 21일
초판 1쇄 발행 2017년 4월 26일

지은이 : 김경주 / 그린이 : 신준익
펴낸이 : 이상훈 / 편집인 : 김수영 / 기획편집 : 정진항 · 김준섭
마케팅 : 조재성 · 정윤성 · 한성진 · 정영은 · 박신영 / 경영지원 : 김미란 · 장혜정

디자인 : PL13

펴낸곳 : 한겨레출판(주) www.hanibook.co.kr
등록 - 2006년 1월 4일 제313-2006-00003호
주소 - 121-750 서울시 마포구 효창목길 6, (공덕동) 한겨레신문사 4층
전화 02) 6383-1602~1603 / 팩스 02) 6383-1610
대표메일 - munhak@hanibook.co.kr

ISBN 979-11-6040-054-0 03810